小新 著

从时间里，长出勇敢

作家出版社
全国百佳出版社

目　录

第一章　人生不易，但很值得

面对这个世界的荒唐、猜忌和莫名的伤害，

心中必须有扛住这一切的勇气。

而这勇气的来源便是，

总有几个人，给过你最有力量的温柔，

让你觉得，

从时间里，长出勇敢。

愿你天黑有灯，下雨有伞

///

1

婚礼现场，我并不陌生。

由于工作原因，我时常会受邀主持朋友和同事的婚礼。尽管有一段时间，我内心是抗拒和排斥的，不太习惯被当成动物园里的猴子一样轮番观赏。

后来，从电视台辞职专门从事婚庆产业的前同事跟我说:“你不觉得主持朋友的婚礼，才是一种真正的福报吗？你可是他人生重要阶段的参与者和见证人，更何况，这是一种全然的信任。”

这句话，让我醍醐灌顶。

人生中的很多认知，不过是自己内心的执念，未必准确，甚至是错误，这种认知因“执”而成偏见，正所谓“偏执”。

有一段婚礼中的舞蹈视频，看哭了我。我甚至有点羡慕那场婚礼的主持人。

新娘是二十五岁的崔玉，来自河南洛阳。

她特别喜欢《暖暖》的歌词，心想在婚礼当天，如果能跟生命中最重要的男人之一共舞一曲，那太幸福了。

你也以为是新郎新娘共跳一段舞蹈吗？

呵，跟崔玉一起跳舞的，是她性格内向、不善于表达甚至很多时候凶巴巴的父亲。

听到女儿的建议，父亲二话没说就答应了。

为了跟着女儿学好这段舞蹈，没有任何舞蹈基础的父亲，每天拿着手机看视频，之后就手舞足蹈起来了。

父亲完全没有舞蹈天赋，肢体僵硬，很多优美的动作做出来反而有些搞笑。

婚礼前一天，父亲还是坚持练到了晚上十二点多，动作依然生疏，肢体依然僵硬，表情依然不明所以。

父亲也头疼——看了那么多遍，咋还是记不住呢？

终于等到这一天。

上午十一点十八分，据说是个特别吉利的时间点。

婚礼司仪穿着笔挺的西装和一双锃亮的皮鞋出场，先是做了自我介绍，之后介绍新郎，请新郎出场。

新郎看起来像一只贪吃的树懒，胖胖的，很可爱。

他说由于自己工作的原因，这场婚礼基本是由新娘一手操办的，感觉很愧疚，一点忙都没有帮上。

新娘崔玉听到后，连连摆手，她并不觉得辛苦，在她心里，爱本身就意味着付出。

“有请新娘和她的父亲闪亮登场！”司仪的话一出来，吓了崔玉一大跳。

父亲伸出胳膊，女儿一把挽住。

我想说其实你很好

你自己却不知道

真心地对我好

不要求回报

爱一个人希望他过更好

打从心里暖暖的

你比自己更重要

《暖暖》的音乐响起来，父亲赶紧看向女儿，就像在茫茫黑夜里找寻一盏灯。

崔玉期待这一幕期待了太久，那些舞蹈动作清晰得仿如身上的胎记，不必眼光落上去，便知道它在哪里。

而父亲的目光，却始终落在女儿身上。

他生怕自己的某一个动作跳错或者跟不上，那可丢脸了，丢自己的脸倒是无所谓，可不能给女儿丢脸呐。

平时总是扑克牌脸的父亲，一直是笑眯眯的表情，咧着嘴笑，有些骄傲，又仿佛有些自嘲。

崔玉很难想象，跟自己跳舞的居然是一向高冷的父亲。

从小到大，父亲几乎都是隐身的状态，不知道从什么时候开始，父亲会主动对女儿做出一些亲昵的动作或是说一些酸溜溜的话。

崔玉心里一阵紧，这大概就是老了吧。

就在昨晚，父亲跟她住在宾馆，还念叨：

"住在宾馆里，也得跟在家一样，该节约用水就节约用水，该节约用电就节约用电，别管在哪儿，只要有好心，神仙能看见。不要因为是住宾馆，花了钱就能祸祸。做坏事，神仙都给你记着账。”

你看，父亲也随时随地“准备了一些唠叨”。

新郎看着红毯对面两个人的舞蹈，背过身去哭了。

周围，是一大片掌声。

他们知道，这是一个父亲给予女儿最有力量的温柔。

2

几年前，我所在的新闻节目，关注过一个六岁白血病女孩生前最后的时光，以及一个穷困的父亲能为孩子所做的一切。

主持完节目，我的眼肿成了核桃，通红通红的。

那个父亲叫王常顺，常顺常顺，却很不顺利。

因为穷，常顺兄弟和妻子在电话里经常争吵。

有一天，女儿躺在爸爸怀里问他：“爸爸，如果我死了，你还会和妈妈吵架吗？”

孩子知道自己得了白血病，也深知父母因为治疗费用而争吵。

常顺兄弟不知道怎么回答，他甚至不知道孩子心里到底在想些什么，一个小屁孩怎么会有这么重的心事。孩子的一句问话却让他的心一阵抽动地疼。

他偷偷联系了卖肾的，对方说事成之后给他十五万元。

这事被他的母亲知道了，母亲说："如果你有个三长两短，这个家真的就塌了。"

我问常顺兄弟："你有没有想过放弃？"

他说从来没有。

孩子没办法选择，可是大人能够选择。只要还有一线希望，哪怕一线，他就想办法。

钱能解决的问题就不是问题，我们都这么说。

但，钱，太多时候难倒了英雄汉。

自从知道孩子的病情之后，为了省钱，常顺兄弟没有买过一件衣服，身上穿的是孩子的奶奶实在看不下去在大集上给他买的劣质运动服。

当时花了四十块钱买了两件，上面印着很大的耐克标志，他倒腾着穿。

为了省钱，常顺兄弟在医院里献血，献血小板，这样女儿需要的时候，就能便宜很多。就这样，很短的时间里，他献了六次血，两次血小板。

钱，真的是大问题。

有一天晚上，实在不知道怎么筹钱了，常顺兄弟趴在女儿的病床旁，默默流眼泪，不声不响。

没想到的是，本已睡着了的女儿醒了，她凑了过来，用手摸了摸爸爸的脸，擦着他的眼泪。

后来，那个六岁的孩子，抱着父亲一起流眼泪，不声不响。

一个六岁的孩子，连哭泣都不敢任着自己的性子。

讲到这段的时候，常顺兄弟低垂着头，对我说：“小新老师，我女儿才六岁，但她什么都懂，什么都知道。”

她什么都懂，什么都知道。

六岁的白血病女孩懂爸爸的难，不是因为多么深奥的亲子理论，只是因为他们血脉相通。

好在，报道发出来之后，收到了很多人的捐款，钱的问题终于不是问题了。

不间断的化疗，足足持续了一年。

之前爱蹦爱跳的小女孩，后来不怎么爱说话了，脾气也越来越大，那是化疗后的正常反应。焦躁、不安，成年人都无法控制的情绪，何况一个六岁的孩子。

常顺兄弟先是让女儿在手机上看动画片，后来，狠了狠心，给她买了平板电脑。

女儿最喜欢的电视剧是《花千骨》，她倒不迷恋花千骨和白子画之间的虐恋，而是喜欢古灵精怪的糖宝，每当看到糖宝她就会笑。

小家伙在微信语音里对我说："大大，你真帅。"很清脆的童声，带着咳嗽。

"你才漂亮呢，比花千骨还漂亮，比糖宝还可爱。"

下一条语音里，她呵呵地笑。

这段对话后不足一个月，那个看到糖宝就会笑，想起爸妈吵架就会伤心的小姑娘没能活下来。

直播的节目里，我说："在过往我的评论中，不管是天灾还是人祸，不管是地震还是火灾，很少说希望有奇迹发生。"

为什么？

因为我更相信概率和理性。

最终，那个六岁的女孩没能活下来，就像这个世界上很少有奇迹发生。

她一直活在属于她的六岁。

《花千骨》里，她最喜欢的糖宝有一句经典台词："骨头娘亲，我是糖宝啊，你还认得我吗？你明明答应过我，再也不丢下我一个人，却一次又一次地说话不算话。"

常顺兄弟说就像是做了一场梦，昨天孩子还能说会笑，怎么就这么快呢？"如果我知道这么快，我就不会把她带到济南，不会让她化疗，我肯定带着她天天去游乐场玩。"

3

还是一个父亲的故事。

这个父亲，出现在韩国电影《7号房的礼物》里。

智障爸爸李龙九和女儿艺胜相依为命，身为大卖场停车场管理员的龙九刚领了薪水，想给女儿买一个美少女战士的书包，却意外卷进了一起涉嫌拐卖奸杀女童的案件中，被诬陷入狱。

看到这个开头，我的手紧紧地攥着。

和龙九同住监狱7号房的是几位分别犯下不同罪行的狱友，走私犯、诈骗犯、通奸犯、恐吓犯、抢劫犯……

面对这样一个大阵仗，心智年龄只停留在六岁的龙九却如同不畏猛虎的初生牛犊，他莽撞、直接、不留情面。

一开始显然是各种被狱友们瞧不起和白眼，可是渐渐地，这个傻乎乎的男人的种种单纯举动，把狱友们感化了。

狱友们做了一个决定，冒天下之大不韪，将龙九心心念念的女儿藏在箱子里带到了 7 号房。

龙九喜不自胜，狱友们也替他开心，甚至但行好事不留姓名。

没想到，龙九居然指着狱友们的脸，告诉女儿："他们是坏人。"

语气里，是一种小心翼翼的坚定。

狱友们的脸，顿时绿得跟西兰花一样。

所有的惊喜、治愈和小温暖，依然没有抵挡住龙九要被判死刑。

尽管，所有人都知道他是被陷害和栽赃的。

法庭上，龙九一遍遍地重复着"对不起"，瞳孔里一片灰，他主动跳到了"猎人"布下的陷阱里，只为了保护自己的女儿。

一心想寻求真相的科长对他说："一个人都没有对你说过'对不起'，你到底有什么对不起他们的？"

科长的语气里充满了恨意，满是对这个世界的不满，可是他什么都做不了。

因为他要抵抗的，是一个父亲为了保护自己女儿的坚定和决绝。

这压根就是扯淡嘛。

“爸爸，谢谢你让我好好生出来。”天使一样的女儿，眼中含泪。

父亲龙九颤巍巍地屈膝，捧着女儿的脸说：“能成为爸爸的女儿，谢谢你。”这是一个智商只有六岁、一心只想把最好的都送给女儿的天底下最好的父亲。

为了不让女儿害怕和担心，龙九骗女儿：“爸爸要去一个好地方，你不要怕，照顾好自己。”

女儿哭得撕心裂肺：“不要这样，不要去好地方。”

她仿佛真的知道所有的一切——那些冤屈、阴谋、卑微和良善。

跟女儿见完最后一面，龙九倒在了地上。

旋即，他又转身跑回去，隔着一扇铁门，对周围的人喊：“救救我，我错了。”

却，再也没有一个人能够救他了，四周只剩下了铜墙铁壁。

他穿着的那身橘红色的狱服，被狱友们写满了祝福和爱。尽管这些祝福和爱，只能沦为徒劳。

龙九，死在了女儿生日那天。

生活，充满了太多的心之所向和迫不得已。

有时候，它将现实变成了噩梦，有时候它又将美梦变成了现实。

十几年后，艺胜长大，成为一名职业律师，在她所熟悉的法庭上，终于如愿帮父亲洗清了冤屈。

“多年以后，当我有了保护你的能力，你却已经不在了。”

走出法庭，艺胜抬眼，看到一个气球，想起了那天夕阳下和父亲一起坐过的彩色的热气球。

她的眼中充溢着泪水，她笑着说：“我爱你，爸爸。再见，我爱你。”

电影的末尾，是飘洒的纷纷扬扬的雪花，白得那么干净和纯粹。

可能是我想多了，就如同那个智障的父亲，没有污点，没有杂念，一心只为女儿好，纯洁得像一个天使。

4

鱼入深海，孤雁投山。

面对这个世界的荒唐、猜忌和莫名的伤害，心中必须有扛住一切的勇气。而这勇气的来源便是，你知道，总有几个人，给过你最有力量的温暖，哪怕现在给不了，那也是他们此生最大的心愿。

温暖，往往比金钱更值钱，比力量更有力。

愿你天黑有灯，下雨有伞。

总有一个最深爱你的人，活在你心里，让你无论何时何地想起他（她），总会觉得：

从时间里，长出勇敢。

我不敢跟你说加油，我只想偷偷祝福你

///

1

作为一个媒体人，经常被戴上见多识广的“帽子”，有朋友说得更直接:“新哥，没吃过猪肉，您可见过太多猪跑了。”

只是，在我听到“小丑医生”时，还是愣了一下。的确，哪怕在当下的中国，“小丑医生”依旧是个很生僻的词。

这是一个诞生于 1986 年的公益项目，最早出现在纽约的医院，在国外已经有几十年的历史了，由专业人士通过表演来缓解患者的紧张情绪，促使患者的大脑分泌更多的内啡肽，帮患者度过艰难的治疗过程，减轻他们在治疗中产生的痛苦，也生成更多的白细胞，提高免疫力。

“小丑医生”作为医学领域的替代疗法的一个分支，已经被广泛应用。

也有人用了略微不敬的话来形容这个职业的使命——让危重患者在死亡之前，还可以多笑笑。

出生于 1990 年的宋龙超是中国最早的一批“小丑医生”。

宋龙超每天都会戴着红鼻头，顶着花花绿绿的爆炸头，架上大框架的眼镜，穿着标志性的小丑服装，去逗患上白血病正在治疗的小病号们。

宋龙超在网上看了很多国外的视频，学习小丑们夸张搞笑的表演，琢磨每一个动作和每一个眼神。

他又像一个魔术师，可以将塑料空针和压脉带秒变成小病号们喜欢的“直升机”。

一天的工作结束了，他拎着自己的“战袍”挤上地铁，打了几个哈欠，靠在扶手上眯一会儿。

“今天又表演了一天，真的很累。”

他的语气里，有感慨，有放松，也有一种无奈，完全不是面对小朋友时的积极和欢愉。

宋龙超的职业身份，是四川省人民医院麻醉手术中心的一名普通的护师，而他另外一个更重要的身份，是被隐藏的。

他自己也是一个癌症患者。

是的，他也是一个需要被安慰的癌症患者，一个需要每天有固定休息时间的病号，他不知道自己明天是否还能清醒地睁开眼睛。

对于自己到底能活到哪一天，他压根就没有任何信心。

宋龙超喃喃自语："逗别人开心的时候，我大概也就开心了。"

宋龙超的心里，曾经有过一个电影梦。

2008 年，十八岁的宋龙超考入四川师范大学，被传媒编导专业录取。入学后不久，他的母亲被查出得了白血病。

为了母亲，宋龙超改学了护理专业。

在即将学有所成的时候，命运狠狠地往他脸上扇了一个响亮的巴掌：母亲没能看到儿子成家立业，便病逝了。

2

这是宋龙超人生的第一次坍塌。

倘若我的今生至爱躺在我身边，我也倒映在爱的人的心里，那么，为此付出的心碎与痛苦、艰辛与忍耐，都是值得的。

可是现在，她"抛弃"了我。

宋龙超失去了做医护人员的动力，不想接触患者，不想留在医院工作，甚至不想活下去。

那段日子里，他想了很多，最终得以从伤痛中复原。

他知道自己不应该因为母亲的离去就放弃所学的专业，况且当年学医的初衷就是去帮助更多需要帮助的人——更多像母亲一样的患者。

他花了很长的时间去修复伤口，面对让人沮丧和悲伤的空虚。

当他终于有信心去面对接下来一个人的生活时，命运又将他一脚踹进了深沟里：他自己被确诊患有甲状腺癌。

烦恼，已经不再适用于形容宋龙超的人生了，这个词太过轻描淡写了。

就好像是命运和你开了一个充满恶意的玩笑，家中有人得了癌症就已经足够让人崩溃了，现在，它还要冷酷地告诉你：“其实你也一样。”

给太多小患者带来欢乐的大男孩流着泪说：“命运其实挺不公的，我这辈子也没做什么亏心事，但是不知道为什么就会这样，我家里面就会有两个癌症患者。”

疾病和事故从来不跟我们打一声招呼，遇上了，倘若还活着，我们心里必定会有一句台词：“为什么是我？”

是的，“为什么是我？”或者，“为什么不是我？”

没有为什么。

作为一个见证过太多生死的医护人员，宋龙超以为自己可以坦然面对，但是当他真正穿上患者服躺在手术台上的时候，大脑一片空白。

周围站着的同事间或说着些什么，他听到了每一句，却又没听懂任何一句。

他太熟悉这样的环境了，但此刻他的角色变了，他手脚冰凉。

有媒体这样评价宋龙超：“他内心是有信念的，他在给自己疗伤，他在给自己关怀。”

只是，为自己疗伤，是真有成效，还是自欺欺人？

还有人这样评价他：“他比较真诚，不是爱演或是特别装的那种。当然最重要的是可爱。”

一个癌症患者，竟表现得可爱：可爱地放肆，可爱地大笑，可爱地去取悦别人。

只是，为什么我感受到的却是一种绝望呢？

有一种人，陷入苦痛中，却挺拔得像一棵树，你宁愿偷偷在一旁替他捏一把汗或者暗暗鼓掌，却不敢跑去安慰或者说一句加油——总觉得那会是一种冒犯。

3

2020年，“新冠”疫情期间，宋龙超是援鄂医护人员之一，他说记不清自己收到过多少次这样的命令了，但无论何时何地，他从不犹豫。

3月，他跟未婚妻视频，聊起两个人的婚礼计划，但由于疫情的影响，有太多的东西压根儿没有办法准备。

本打算5月举行婚礼，只能延后了。

做着“小丑医生”的宋龙超，也在经历着诸多生活里的不便。

控制癌细胞的药物对心脏有副作用，他时常会感到不舒服，也会不时地冒虚汗。

但在工作时，他却始终洋溢着微笑。

“没必要有太多的不开心，没必要想太多，该做什么做什么，因为还不知道会有多少个明天。”

我想起一个故事。

有个焦躁的患者跑去看医生，他说自己很沮丧，生活无情而残酷，每个人看似笑脸相迎却又彼此很难依靠，感到很孤独。

医生说：“这有什么，我给你推荐个人。城里的马戏团有个非常著名的小丑，很多人看完他的表演就不会烦恼了，很灵验的。”

患者哭丧着脸说：“医生，我就是你说的那个小丑。”

可是医生，我就是那个小丑。

可是医生，我就是那个患者。

可是医生，我就是那个医生。

又是一天，挺过去了，宋龙超靠在地铁的扶手上，打了个哈欠。

回到家后，他对着公仔说：“今天我好累啊，你呢，累吗？”

4

歌手毛不易在一档真人秀节目里说过这样一段话：

> 我在实习的过程中，看到过数百个在我面前死去的患者。但第一个在我面前死去的，是我的妈妈。最遗憾

的一点是，在我妈临死之前，她都觉得她的儿子是一个不成功的人。那个时候我学习不好，有可能拿不到毕业证，这让她很焦虑。在她临走的那一刻，他的儿子都是一个不成功的人。

由此便不难理解他在舞台上唱的那首歌："如果有一天我变得很有钱，我会想尽一切办法倒流时间，不是为了人类理想做贡献，只是想和她说一句，我很抱歉。"

很多人本来以为这是他对某个初恋女孩说的情话，后来才缓过神来，毛不易想要说声抱歉的那个人，原来是他的母亲。

我不想为这个宇宙贡献自己的什么力量，我不想变成一个成功的企业家或者科学家，我更不想成为一个伟大的什么人，我已经失去了理想，但却依然怀抱梦想。

理想和梦想本来就是两码事。

我的梦想是：让最亲密的那个人，坐在我的对面，听我跟她说说话。

而这看似最简单的梦想，也成了一阵青烟。

那么多的粉丝围着他喊"毛不易加油"，毛不易却很蒙：我最在乎的人都没了，我加油给谁看呢？

5

曾经有那么一段时间，我极其厌恶别人对我说“加油”。谁敢跟我说加油，我会当面跟他着急。

我当时不喜欢这两个字的理由非常简单，你是谁？你干吗让我加油？我还想歇歇呢。

这是个问题。

哪怕是主持节目时，主持人有时也会脱口而出，希望这一家人能够加油，能够跨过这个难关，毕竟好日子还在后头呢。

学生时代，每次运动会上，我们都会使出吃奶的劲儿，对着场上的运动员大声喊：“加油，加油，终点在等待你呢。”

期末考试，恨不能过了凌晨，看着那些没有看完的参考书，对着心里的那个小人儿低声说一句：“加油，一定能熬过去的，我终将战胜困难。”

后来，我见过太多朋友在工作或者生活里拼命，但他们本身并不喜欢拼命三郎的姿态，因为看不了风景，因为会身心俱疲，因为没有好日子真的等在后头，甚至当你到达目的地的时候，会怅然若失，说一句“不过如此”。

另外，太多给你说“加油”的人也并没有设身处地地为你思考，甚至只是轻飘飘吐出了一句话而已，就像抽烟的人吐了一个烟圈。

而你不知道“听话”的人为了加油，要付出什么或者已经付出过什么。

几年后，我再次深入反思这个问题，是因为一次访谈。

当天，我结束了晚上十点的电视直播，又接力直播了晚上十一点的电台节目，眼睛里堆满了红血丝。

约好了还要录一期访谈节目，我是被访谈嘉宾，主持人是我非常尊敬的一位电视前辈。

本来是聊跟阅读相关的话题，聊着聊着，聊到了我的“乖”。

前辈说，对我最大的印象就是敬业，而且对每一个工作伙伴都非常尊重，脸上永远都带着笑，永远都是那么“乖”。

我说：“对啊，我从小就是个乖孩子。可是，如果有一天我做了父亲，我是万万不希望自己的孩子成为乖孩子的。”

没有人知道我为了扮演好“乖孩子”这个角色，做出了多么大的牺牲。

放学后必须准时回家，老师布置的作业必须尽早写完，到了大学也依然不抽烟不喝酒不谈恋爱。

六岁的我，摔倒在地上都不敢吭一声，怕被别人说矫情、娇气、“不乖”。

所以，当我如此自律如此听话之时，如果你的眼神里还带着无限期待，饱含深情地跟我说“加油”，我的肺都要气炸了。

每个人都像是一根弹簧，“乖孩子”们大多被摁到了最底端，如果你继续要求他们“加油”，弹簧便会彻底失控。

弹簧可以失控，人生却不可以，一旦失控，那就意味着生活的塌陷、心灵的崩溃。

几分钟后，访谈节目做不下去了，我和前辈都在掉眼泪。

她握着我的手，轻声啜泣：“小新，我儿子是跟你一样的乖孩子，我觉得当年跟他说过太多次加油，我很怕他心里委屈还不跟我说啊……”

事后，她给我发了一条信息：“小新，对父母而言，都不清楚是从哪一刻开始，孩子跟我们就渐行渐远了，很伤感，却又无可奈何。”

我本想回复，却又实在不知道如何说起，最后回复了一个笑脸，满心里就是据说是福建某二年级小学生写下的一首诗——

《找妈妈》。

你问我出生前在做什么
我答
我在天上挑妈妈
看见你了
觉得你特别好
想做你的孩子
又觉得自己可能没那个运气
没想到
第二天一早
我已经在你肚子里

6

经常会有人莫名其妙地跟我讲一句“加油”，我总是在想，你是我的谁，你以什么样的姿态在期待我加油。

这一程，我是不是可以不加油了，我甚至都不想保持匀速的状态，就想坐下来彻底休息一下，可以吗？

你看，我已经退到世界的角落里了，我非常卑微地发出自己的声音：“我就想歇一歇，就想停一小会儿，不想再冲刺了，我就想一边走路一边欣赏风景，还可以吹一两句口哨，不可以吗？”

有一个教育机构的创始人，在参加一档节目录制时，说过这样的话：

> 老妈不要再喊加油了，当你对一个考研人喊加油时，你可知他的油门已经加到底了？
>
> 老爸也不要再喊坚强了，当你对一个考研人喊坚强时，你可知他已非常坚强了？
>
> 你们是他最爱的人，这个时候没必要让他再加油、再坚强，就让他在你们面前脆弱一次，就让他哭哭吧。

本来我对这家教育机构是存有偏见的，但这位创始人的这番表达让我颇为动容。

我不想再扯着喉咙，脖子上青筋微凸，对着一个正努力攀爬或黯然落魄的人，高声大吼加油或者激励他好日子还在后头。

我甚至很担心，这种局外人的加油，会成为一种道德绑架。

有时候，歇歇，也挺好。

有时候，歇歇，就挺好。

7

我的化妆师二十二岁，一个刚走出大学校园长得很清爽的女孩子。

某一天清晨，在来电视台的路上，她的电瓶车没电了，她就用脚蹬啊蹬啊。

她一边用力蹬，一边不停地看手机生怕迟到，一边迎着风擦眼泪。

“我怎么就那么艰难啊？”

“凭什么是我？为什么是我？”

“为什么别人可以锦衣玉食、生活无虞我却要经历这么多的难？”

人生中，有三件事情很多人并没有想清楚：你要什么，你想怎样得到，以及你愿意为此承担怎样的代价。

我们都无法做到真正理解别人，每个人都是一座孤岛。

这个世界上最难的四个字就是感同身受，哪怕他们是你的兄弟姐妹，哪怕他们是你的父母。所以才会有那句几乎全天下的父母都曾经说过的“名人名言”:“我都是为你好啊。”

没有人知道，懂事的你在那句“加油”背后，到底承担着什么。

总有那么一刻，局外人会觉得你是可以轻松度过的，你所面临的并没有你想象得那么糟。但是当我们深陷其中时，却很难再被激励和鼓舞了。

所以，这一程，就不要再给我说加油，而只是偷偷祝福我，可以吗？

风和日暖，我们遇见

///

1

大军是听了我十四年电台节目的忠实听众，一天晚上，他给我发了一条信息。

“新哥，我终于听到现场版的五月天了，也算是给当年的自己还了一个愿。”

呵，大军，臭小子，傻男人，他是我听友群里很活跃的一分子，早些年只要是我主持的活动，他都会亲自到现场支持。

一个大男人挤在一群女听友中间，又是喊口号又是欢呼的，多少有些另类，搞得我一阵阵脸红。

在现场听到阿信唱《温柔》的时候，大军哭到不能自已。

他感觉眼泪是从泪腺中直接喷射出来的，颇有威力，他自己压根没有想到。

旁边的小情侣吓坏了，本来一直投入跟唱的他们，突然间齐齐盯着大军看，还窃窃私语。

因为现场的声音太大，女孩没听清，大声问男孩："你说啥？我听不清楚。"

男孩也有些不管不顾了，大声吼了一句："我刚才说，这男的没事吧。"

大军瞅了他们一眼，眉毛鼻子眼睛都扭曲到了一起，说："对，我有事，我还有病。"

小情侣发出了嗞嗞的声音，完全是见到了"怪蜀黍"的反应。

可能是有了当年在我的听友群"独领风骚"的经验，在遇到白眼的时候，大军没有任何心理负担，依然是我行我素的表情。

这是大军第一次去现场看五月天的演唱会，却不是第一次买五月天演唱会的门票。

十年前，当时的大军还不是单身，至少不是他自己认为的单身。

他使尽浑身解数，在追他们的班花。

在得知班花的偶像五月天要来他们所在的城市里开演唱会

时，这个穷小子，吃了一个月的馒头就咸菜，就为了帮班花买一张五月天演唱会的门票。

我一直都觉得作家笔下的馒头就咸菜是一种艺术加工，大军有点把生活当电视剧演了的感觉。

钱！

实在没钱买两张了!!

大军心想，一个在体育场内看，一个在体育场外听，这才叫里应外合，这才叫妇唱夫随呢。

旁边的路人，对大军指指点点，他们肯定能猜到这是个没钱买票的穷小子，在“蹭”演唱会呢。

面无表情的保安，用手指着他不成，快步走过来驱逐。

大军递给保安一根烟，“哥，放心，我不捣乱，我等人……”

保安接过烟，“切”了一声，走了。

大军含混不清地说了句：“我等我女朋友呢……”

2

那天晚上，大军在体育馆外“听”了三个半小时的演唱会。

那一天，可真冷啊。

为了在心爱的姑娘面前显得自己更入眼一些，大军穿了一条卡其色的裤子，又为了显瘦，没敢穿秋裤。

到了演唱会的下半场，大军的上下牙齿一直在打架，后来干脆围着体育馆跑了起来。

一边跑，一边哈气，就像一支刚从冰柜里取出来的雪糕在玩漂移。

没想到，阿信会讲那么多话，有些话在场外听不太清，但能听到全场观众的笑，以及欢呼。

大军一边上下牙继续打架，一边也跟着跳起来笑和欢呼，他知道自己喜欢的姑娘也在笑和欢呼。

有一段阿信的话，大军听得清清楚楚：

> 有人说，五月天一路以来替大家实现梦想，但我要说，你们才是实现五月天梦想的人，你，你，你……
>
> 现在，我们让全场的好朋友，伸出你的手好吗？不管你认不认识身旁的人，但今天大家都是上天挑选过的买到五月天门票的人。
>
> 现在举起他的手，不管是男是女，如果你身边的这

个人遇到困难，你会不会陪他一起解决问题？如果他伤心难过，你会不会给他安慰？如果他没有钱，你会不会借给他钱？要不要跟他一起走到将来，要不要跟他一起直到永远？

现场的几万名观众，都跟着阿信的问题在回答。

“会……”

“会……”

“会……”

“要……”

“要……”

大军用手指甲掐着左手食指，咬紧牙关。

这些问题，他的答案也是“会”“会”“会”和“要”“要”。

他想对着班花大声喊出自己的心声，可是那个姑娘却听不到，此刻，她在体育馆里看五月天的演唱会，还跟着主唱阿信互动。

大军想，班花不会和旁边的傻小子牵起手来了吧？

“如果旁边的都是女生，就好咯。”

3

十年后，班花在同学群里晒一家四口出国旅行的照片。

十年后，大军还是孤身一人，虽然事业上也算有所成，只是对组建一个家庭，着实没有信心。

大军总觉得心里所有的柔软都给了曾经的那个姑娘了。

他的心，仿佛早就空了。

一个人愿意用钱换你，那是欲。

一个人愿意跟你共赴一生，那是情。

一个人愿意用似锦的前程陪你，用最好的岁月来等你，不求回报，不问结果，那到底是爱，还是傻呢？

真的。

真的太傻了。

真的。

真的太爱了。

大军跟我说："新哥，如果再来一次，我还会这么做。"

我在电台节目里讲过这个故事，同时放了一首我很喜欢的歌——《似是故人来》。

人在少年，梦中不觉，醒后要归去；

三餐一宿，也共一双，到底会是谁；

但凡未得到，但凡是过去，总是最登对。

4

讲完大军的故事后，我在电台节目里问了听友一个问题：你曾经经历过怎样的柔软？

有不同的听友给我留言：

他们是异地恋，见证了中国铁路事业的变革，最初要去售票处排队，之后是电话订票，再之后是网络抢票和App订票。某个晚上，她有点低落，他说：我拯救你吧。她回复了一句：相互拯救吧。第二天，虹销雨霁，两个人见了面；七天后，他们去了趟民政局领了结婚证；一年后，他们有了一个儿子叫“噗通”。

前天早上，她又去了那家早餐店，听着不同的人对老板说“老规矩”，老板就知道给对方递来一份煎饼果子，或者一块把子肉，额头上浸着汗的老板娘的眼睛里含着笑。

大前天是周一，上班的那趟公交车堵了整整两个小时，他只觉得心力交瘁。到站时，他恨不能跳下车飞奔到公司，却跟公交车上的保安大哥一起，将一位腿脚不方便的坐轮椅的老大爷抱下了车，老大爷拍了拍他的手背，一直说谢谢。真的太久没有人跟他说谢谢了。

昨晚下了夜班，她回到小区楼下，看到一个妈妈在打电话，旁边的女儿吹着泡泡，路灯下，泡泡闪着五颜六色的光。

所有人都在关心这个世界，所有人都在关注人类这个群体，却鲜有人关心周围一个个具体的人。

这是真实世界里真实的生活：你看着苍穹难登，你看着苦难眼圈泛红，你看着众生皆苦，你看着流离奔波。

有四句话，大概可以涵盖绝大多数人的心愿：和志同道合的朋友共事，跟情投意合的朋友同居，同饭量旗鼓相当的朋友聚餐，与不那么完美的自己和解。

这个世界的很多问题，找不到答案；这个世界的很多真情，会被辜负；这个世界的很多人，终究会走散。

你可能会提出一个问题：真的是我的错吗？

知道吗，很多事情本就不该分对错，找不到答案不是你的错，真情被辜负不是你的错，跟爱人走散不是你的错。

人生的终极意义，不过是一场跌跌撞撞的体验，珍惜每一个你遇见的人，不吝啬自己生发出的情感，却也不施舍任何一份情感。

在你孤独的时候，想想那些温柔的人，他们正向你走来，让你愿意乐观地生活下去，让你愿意与他（她）共度余生。

那天，风和日暖，我们遇见，也便原谅了此前生活对我们的一切刁难。

拼搏值得，抗争值得，相爱值得，执着值得……

活着本身，就很值得。

独闯的日子里，愿你不孤单

///

1

我开的书店“想书坊”每周末都有脱口秀的演出。

我和久木先生是通过书店里的脱口秀认识的，在做企业高管的同时，他业余说脱口秀。

不是业余时间，而是脱口秀的表达技巧的确有些业余。

第二次见面，他就给了我一个熊抱。

后来，他在很多人面前纠正了我的说法：“新哥，那叫公主抱。”

把我弄了个大红脸。

久木先生明明年过三十，但是身上的每一个细胞仿佛都在燃烧，说话声音大，语速又很快，每次看到他，我都会想到红脸的关公，或者是《七龙珠》里的悟空。

对不起，我也暴露了自己的年龄。

熟络了之后，他说要给我说说他的几个兄弟。

久木先生初中时沉迷于网络游戏，而且是重度沉迷，每天跟一群已经放弃了功课的男生逃课泡网吧。

初三的下学期，开学第一天，他正准备跟其他人逃课去网吧时，有个同学白了他一眼，将他按在了座位上。

那个人满脸鄙夷地跟他说："我们商量过了，以后去网吧再也不带你了。你是能考上重点高中的人，别他妈整天吊儿郎当的，我看着你这样就烦。"

旁边的另一个人继续补刀："说白了，我们不想跟成绩好的一块玩儿，丢我们的脸。"

久木先生一脸懵懂地看着他们，他们则一脸不屑地看着他。

久木先生脸上的肌肉顿时松弛了下来，好吧，那拉倒吧。

也许是被那个同学的那句"你是能考上重点高中的人"刺激到了，从此之后的久木先生真的就像变了一个人，再也没有碰过游戏。

果然，久木先生考上了市里最好的高中，三年后，又考上了省里最好的大学。

而那几个男生，初中毕业后就没继续念了，有的成了海鲜市场的小商贩，有的去做了保安、收银员，还有的完全失去了联系。

游戏世界的人，终究被游戏了一把。

上大学的前一天，几年没联系的他们，出现在了久木先生的面前。

久木先生是有些惊讶的，但又不知道用什么样的表情去迎接这些抛弃过自己的“老朋友”。

正当久木先生揣摩该怎么开口讲话的时候，当年把他按在座位上的那个同学抹了一下鼻头，喑哑着嗓子说了一句：“喏，哥儿几个凑了点儿钱，给你买了一支钢笔，当礼物送给你做个纪念吧。”

久木先生的嘴巴张得更大了，不知道说什么。

旁边另一个同学补了一句：“这笔挺贵的，爱惜着点用。”

连同钢笔一起收到的，还有一封信。

字写得歪歪扭扭的，他们说，这辈子做过最正确的决定就是初三那年把他推上了岸。

信的最后，是六个字——“苟富贵，勿相忘”。

还有其他几个男生的签名，签得那叫一个庄重，比当年他们在试卷上的名字可要工整多了。

2

大学毕业后的久木先生每年回老家都要招呼大家一起吃饭，请几个男生去最贵的KTV唱歌，吃最贵的餐厅。

他说什么才是最好的朋友，他们就是他最好的朋友。

有所谓的朋友陪你胡吃海塞，有所谓的朋友怂恿你违法乱纪，而真正的朋友，是不忍心看着你堕落的。

朋友愿意选择跟你在同一条船上，倘若不能，他愿意送你一程，让你扬帆远航。

心理学上有个术语叫 Pseudo Memory，翻译成中文就是虚假记忆，这个理论认为，人的记忆并非一台“摄像机”，不能把我们看到和听到的东西完整而又准确地记录下来，而往往更像是一张又一张的拼图，一一将脑海中一片又一片的线索拼凑起来，连接成一个故事。

在拼凑的过程中，一定会有漏洞或是错误，这些漏洞和错误便被新的信息填补而产生新的故事。

如果新信息很适合这个漏洞，能使故事更连贯，它就很容易成为记忆的一部分，被你误认为是真实的回忆。

真正的朋友总可以帮你过滤掉那些不安的情绪和狼狈不堪的过往，而保留住让你昂头挺胸的、快乐至上的心事。

那些昂首挺胸和快乐至上就成为你的记忆，鼓舞着你。

3

做书店，是我压根没有想到的，跟华子合伙做书店，更是超出了我的想象。

那是在十年前，我只是个初出茅庐的主持人，受人之托，主持一场婚礼，华子在那场婚礼上帮忙。

当时，他才上大二。

见到华子的那一刻，我有点怔住了。

他长得实在太像 N 年前我的一个老朋友，单眼皮，白皮肤，拽拽的样子。

我们留了联系方式，虽然这样的遇见方式，似乎对他是一种冒犯，但却是实情。

他是个很能折腾的人，先后做了不同的工作——医疗器材销售、酒吧里的调酒师，直到有一天他给我发信息说：“新哥，我开了一家酒吧，是静吧，你如果有时间可以来玩。”

可我历来不喜酒吧里的氛围，也一直未能成行。

我们的生活也就慢慢没了交集，就像学生时代曾经很爱惜的一个本子，很久不动它也会盖上了一层灰。

有一天华子跟我说他失恋了，问我是否有时间一起聊聊天。

我们当时约在了一家书店里，最怪异的是，我俩在聊天，她的前女友在几米开外的地方学做咖啡。

我没起到什么安慰的作用，只是聊了聊彼此在忙的事情。

我扫了一眼周围的书架，说：“华子，从小到大，我都想开一家书店。”

“我也想，新哥。”

哎哟喂，这语气怪真诚的。

从来没有做过生意的我，开始了“生意人”角色的转变，一个“卖酒的”也开始关心起了人类命运，我还拉来了好朋友作家叶萱。

那家叫“想书坊”的书店，仿佛成了我们共同的孩子。

合伙做事是一个极其痛苦的过程，需要彼此信任、彼此体谅以及彼此包容，跟从恋爱到婚姻的状态极像。

在一通电话里，我和叶老师分析了这个城市死去的N个书店的短板，又充分畅想了我们能够做好一家书店的长板，之后，我们还是做了一个理智的决定——放弃。

我们嗫嚅着说，要不就算了吧。

我俩是平时买菜都算不清楚价钱的人，何苦庸人自扰。

她当好她的作家，我做好我的媒体人，各归其位，不就很好吗？

我给华子说：“要不我们就别做书店了？”

华子顿了顿，说：“新哥，不然的话，我主导做这家书店，我投钱，你和叶萱老师帮我，好吗？”

我的心里顿时升腾起了一股英雄好汉的豪气。

我有点气呼呼地给叶萱老师打了一个电话：“老叶，一个‘臭奸商’都能够不计回报做书店，我们这些自诩‘文化人’的，好意思吗？”

叶萱老师马上冲我喊话：“做就做，谁怕谁。”

印象中，她在这句话之前还骂了句粗口“靠”，实在是对不起她“著名作家”的名号。

4

“想书坊”概念书店开业的前一天晚上，华子给我发了一段他在书店的视频。

视频是他拍的，并不专业，有些抖，也可能是因为有一些激动。

视频里带着他的旁白，他哑着嗓子说：“新哥，当你看到这一切时，你是不是就会觉得很值了？”

是的，很值，这就是商场促销活动里经常说的“巨划算”。

华子的缺点多到让人崩溃，看问题不深入，做事情不转弯，认死理，不会变通，哪怕明知道自己错了也是梗着脖子说：“我就是这样的怎么了？”

这不是成心耍赖是什么？

甚至偶尔我自己内心深处也会有犹疑，华子叫我的那声“大哥”是发自内心的吗？或者仅仅是一个称谓？

但转眼又看到，他很热忱，身上总是有一种用不完的劲儿，我每看到打动自己的文章还是习惯性地转发给他，他也是如此。

直到目前为止，在公共场合讲话，华子依旧是一副很害羞、很谦虚、很无害的面孔。

他在外人面前经常挂在嘴边的一句话就是“有大哥在呢”，然后指指我。

很矫情，很虚伪，很无聊，但很好听。

有一句话，我一直没有跟他说：“认识了你，并且跟你的生命紧紧关联，这一切，很值得。”

人生终究是在踽踽独行的，独闯的日子里，愿你永不孤单。

5

向左走，向右走，有些朋友会渐行渐远的。

忘记了他，忘记了她，他也忘了你，她也忘了你，就错过了彼此。

再见面，还是朋友，可是觉得生分了很多，甚至连他的样子你都陌生了。

成人世界的选择，本就伴着些许放弃，而情感廉价到放弃时都不会通知一声对方。

再或者，那个情意结还在，只是没有了生活中的任何连接了。

下节目后，跟几个同事去一家火锅店。

刚坐下，我就瞥见室内坐着的是曾经很要好的朋友凡凡，也是电台主持人，微醺的他，走路略微有些摇晃，出来找厕所。

几年的时光过去了，听说他在单位很受领导器重，他变胖了，跟当年那个清瘦的小伙子完全不同了。

我跟同事讲我们曾经很熟稔，我还去他家住过一晚，喝酒聊天听歌，只是后来就慢慢生分了。

我的一个女同事听说我们认识，于是撺掇说要耍耍他。

当他从厕所回来走近我们的时候，女同事猛地站起来，满脸惊喜状:“你就是某某台的凡凡老师吧，我可喜欢你的节目了……”

凡凡眉头一皱，转眼就看到了我。

他到我身边寒暄，一不小心碰倒了我旁边的一瓶啤酒。

一会儿，老板过来送了两瓶啤酒，指了指凡凡的方向，说那位顾客送的。

又过了一会儿，凡凡过来敬酒，说谢谢两位同事对我的照顾，又说:“小新，有空聚聚。”

他离开后，我的女同事说，果然生分了。

6

我希望遇到这样一种朋友，在街上偶遇了。

他问我:“最近怎么样？”

我回答:“还行，就那样。”

他说:“不对吧？”

我回:“怎么了？”

“你的眼里没有光了。”

第二章　谢谢你的想念，谢谢我的爱

太多的事情，

都不是我们自己能够主宰和抉择的，

可偏偏爱，容许我们抉择。

所以，

不要说什么门当户对，扯什么伦理纲常。

爱，

只要坚持到最后，那就都对了。

你是我的独一，我是你的无二

///

我完全没有想到我会充当媒人的角色。拜托，我的身上并没有媒婆的气质吧，我脸上也缺少一颗恰到好处的痦子，更何况，我是一个标准的直男。

当然，我也不算纯粹的媒人，因为桑小雪和袁子皓在初中就认识了。

我的新书分享会，主持人是我的电台同事桑小雪，粉丝之一是我的邻居袁子皓。

他们丢掉了彼此十几年，在我的新书分享会上捡回了对方。

仿若一觉醒来。

先是桑小雪哭花了妆，紧接着袁子皓用实际行动演绎了“男人哭吧不是罪”。

我就贱贱地跟桑小雪说："你看，我这本书的书名多有道理啊，'所有遗憾都是对未来的成全'嘛。"

桑小雪扭着脖子，说："我看还是那本书的书名好，'每个适合熟睡的夜晚，我都在想你'。"

小雪是个算不上多美的电台女DJ，但声音悦耳，是无数宅男的幻想对象。袁子皓拥有模特儿一样的身材，是个健身教练，经常跑到我家跟我喝啤酒看球。

居然，他们有过一段前尘往事？

没搞错吧，我太想听他们的故事了。

子皓说："我不善言辞，让小雪讲吧。"

小雪把我拉到一边，看着我的眼睛："新哥，有那么一刻，我觉得挺骄傲呀，我是知名电台DJ，公众人物，好多大老板大帅哥都喜欢我的节目。可是见到子皓那一刻，马上被记忆打回了原型，我还是那个十四岁的女孩，面对太阳之子，万般小心翼翼。"

"什么太阳之子，什么小心翼翼，还万般，啧啧啧，小雪，你在写小说呢？"我撇撇嘴。

"哈哈，还好，差一点我就成了悲情八点档的女主角了。”

按照桑小雪的说法，这是一个老男孩和一个老女孩的爱情。

下面是桑小雪给我讲的故事。

1

第一次喜欢上一个人，我完全是被动的。

成年之后的我，带给很多人的感觉都是胸大无脑没心没肺，似乎我必然是倒贴的无知少女。

我上初一，袁子皓比我大一届。当我已经停止身体发育时，他却跟吃了激素一样疯长，长到了一米八二。

在我认识袁子皓之前，他已经是学校里的风云人物了。

袁子皓一个人“霸占”着学校的播音室，每次的升旗仪式、眼保健操，他都负责播放音响。

我也不清楚，为什么负责播放音响的不是某一位老师，而是一个初二的学生。

更何况那个音响的按钮非常低，让一个一米八二的男人蹲下身来摆弄音响，姿势也并不雅观。

后来他们告诉我，播音室也是一个简易的医务室，子皓的妈妈就是我们医务室的校医。

难怪，袁子皓的身上，总是飘来一股淡淡的来苏水的味道。

十年之后，我给闺密讲起袁子皓，她问我的第一个问题便是袁子皓到底长什么样子，是何方神圣。

当时我很难给出一个足够精准而形象的概括，后来看电视剧我才找到了类比的对象。他属于那种冷酷的禁欲系人物，有点像《花千骨》里的白子画，就是拥有一张俊美的脸，却也拥有性冷淡的表情。

直白地说，就是通常情况下，他脸上没有任何表情。

袁子皓并没有浪费他的身高优势，他是学校篮球队里的主力中锋。

很多女孩子会买一包泡椒凤爪或者挺便宜的辣条去操场，我知道，她们的眼神都集中在正在打篮球的子皓身上。

她们也会做一些掩饰，聊些不痛不痒的话题，说些有的没的八卦，在此过程中时不时偷瞄一下子皓。

子皓有一个标志性的动作就是投球之后，用大拇指刮一下鼻子，有点挑衅的意味。

每刮一下鼻子，就会有女孩子忍不住地尖叫。

袁子皓有一双能抓捏一对篮球的龙爪手，又是绝对的骨骼肌肉加强型选手，他最喜欢的课间操玩乐方式就是找一个手劲同样很大的男生互相捏手。

那个男生叫吴楠，是袁子皓篮球队的队友，常年穿一件白色 T 恤，春秋季是卫衣加一件白色 T 恤，冬季是羽绒服加一件白色 T 恤，比袁子皓瘦了很多。

两个人脖子上的青筋凸出，结束后两个人都在吱哇乱叫。

总有人为子皓欢欣鼓舞，也总有人冲着吴楠竖起大拇指，我觉得挺没劲的，我无法理解男生们为什么会对如此无聊的游戏乐此不疲。

《动物世界》里讲，雄性集体展示是一种雄性动物求偶的形式，一些物种的雄性动物聚集在一起，共同向雌性进行求偶炫耀，比如展示身体特殊的色彩、光亮和争斗能力等，各种松鸡和墨西哥大白鹭都有这种表演。

哈哈，袁子皓和吴楠就是两只墨西哥大白鹭。

每当看到“阳光明媚”“晴空万里”“万里无云”这几个词，

我都会想起那年学校运动会上的袁子皓。

在那天运动会的现场，我是播音员。因为运动会没有设置篮球项目，袁子皓就全程负责操作音响了。

我们仅仅只是点头之交，我的认知就是千万不能惹他，我可不想被他捏在手里吱哇乱叫。

毕竟，作为一个情窦初开的美少女，我更喜欢花枝乱颤。

运动会的主席台，设在操场西侧教学楼的二楼。我的播音席紧挨着主席台，而袁子皓就在我背后那间小小的播音室里。

午休时间，我和袁子皓在教学楼的户外楼梯上狭路相逢。

刚走到一半，抬头看到袁子皓站在楼梯顶端，就如同偶像剧里的场景一样，袁子皓的背后，射来了一束阳光，四十五度角斜打在脸上，明晃晃的。

这分明就是太阳之子的出场方式好吗？还自带光环。

让我肝儿颤的是，那么好看的太阳之子，居然问了我一句——“丫头，你猜，我敢亲你吗？”

我是被十五岁的男生撩了是吗？遥想当年，我这十四岁的花骨朵压根没有任何花花肠子。

谁是你的丫头？我又不是紫薇，你又不是尔康，咱俩非亲非故的占我便宜干吗？

被撩之后的我，想要飞奔下楼梯。

不承想，由于太过激动紧张，我一个趔趄滚到了楼梯下面。

拜托，我当时身高一米五八体重九十斤，不是一个圆形或球形的物体，可是我还是没有一丝丝防备地滚下了楼梯。

咕噜咕噜的声音，变奏成了哐啷哐啷，直到“咚”的一声，整个世界安静了。

瞬间，耳朵里一窝蜜蜂在扇动翅膀，鸟语花香的。

2

滚下去的那一刻，我内心的台词是：要么去死，要么成为植物人。

请允许我一觉不醒。

设计剧本的永远都是老天爷，而且，他的剧本永远跟你设想的背道而驰。

滚到楼梯下面的空地上，我的腿摔伤了，但是，大脑是无比清醒的。

没办法，我注定就是要做身残志坚的典范。

袁子皓看到了整个过程，先是惊讶地张大了嘴巴，之后哈哈大笑了。

我能想象得到，他看到一只雌性动物在他面前滚落下了楼梯，会是一种怎样的狂喜。

我眼冒金星的时候，一个身高一米八二长得如同雕塑一样的男生，居然在一旁哈哈大笑。

如果不是因为小时候家教太好，我是一定要骂出来的。

不过，当袁子皓看到我似乎伤得不轻，也马上跑了下来，“丫头，没事吧？”

“讨厌，都是你！”我捂着屁股，紧紧地皱着眉头。

“好好好，都是我的错都是我的错，你能动吗？”袁子皓伸出手，想要够我的腿。

“别碰我！”我大声呵斥道。

他的手就停在了那里，收也不是，放下也不是。

“好像，能，动……”我试了试腿，除了有些疼之外，也应该没有大碍。

“如果不能动千万别动，否则真的会残疾呀。”

我白了他一眼，居然站了起来，虽然略显艰难。

好吧，在身残志坚的典范之后，还要加一句话，本姑娘天生就是套马的汉子威武雄壮。

“我妈今天在操场安全保障呢，我帮你在医务室里处理一下吧。”

袁子皓在医务室里翻箱倒柜，给我递来了云南白药。

说实话，拥有着幼小心灵的我一直以为云南白药是一种妇科用药，看到外包装上的“云南白药”四个字，我的脸唰一下红了，“你给我喷这个干吗？你安的什么心？”

“我安的什么心？你用脑子想想，也知道我安的什么心呀……”

“你欺负我……”我的话一出口，心已经碎成了两半。

“你听我说，云南白药，对跌打摔伤有奇效的。”

“呸呸呸，欺负我没文化是吧，你以为我不知道那是更年期妇女吃的药……”我承认，本应该过了年幼无知年龄的我，着实有些无知。

我把云南白药跟乌鸡白凤丸混淆了。

结果，袁子皓也红了大半边脸。

“什么更年期，什么妇女，我平时也用好吧？”袁子皓指着云南白药的说明书给我看，我将信将疑地伸出了腿。

可能是怕我疼，他蹲在地上，一边吹，一边喷，还一边给我讲笑话。

我们小学的时候上数学课，老师正讲得开心呢，我同桌，一个胖子，实在忍不住，举手说："老师，我要上厕所！"

老师看了他一眼，满脸嫌弃地说："赶紧赶紧，去吧，去吧。"

胖子跑到门口，发现鞋带开了，就蹲下来系鞋带。

老师一脸惊恐地说："咦，你别拉在这里啊……"

讲完之后，我哈哈大笑。

子皓以为自己的笑话讲得太好，我却揭开了谜底："袁子皓，原来你在拉呀？哈哈哈……"

是的，当时我坐在椅子上，而袁子皓正蹲在地上。

他看了我一眼，也笑了："小雪，你真漂亮。"

他笑得好看，我心里好美。

3

我的教室在一楼，袁子皓的教室在二楼。

每天上午大课间做眼保健操，他会在下课前两分钟提前下楼，到对面楼的播音室。

我最期盼的时刻，就是下课后跑到操场，目送他走到播音室，等到眼保健操播完，再目送他一个人穿过偌大的操场回到我们这座教学楼。

当然，这一切都要装作若无其事举重若轻轻如鸿毛偷偷摸摸凄凄惨惨戚戚。

夏天里顶着大太阳，我心疼他晒，希望他走快一点，但又希望他走慢一点，这样我就可以多看一会儿了。

小女生就是这样，年纪不大，却自带一颗圣母心。

那天下大雨，我没办法去操场假装偶遇了。正当我倚在教室门前的柱子上有些郁闷之时，有一个纸团落在了我的脑袋上。

要不要这么郁闷倒霉心情灰呀！

结果，头顶传来一句：“丫头！找我吗？”

是袁子皓。

我的脸烫成了一锅热粥，被人洞穿了秘密的尴尬，还有一点雀跃的小幸福。

我喜欢上了“丫头”这个词，这是属于我们之间的专有昵称。

那段时光，我是在试探和揣摩中度过的。

现在想想，当时的我完全具备了一个编剧的潜能。我设想过无数可能，后来也刻意制造过一些挺蹩脚的邂逅。

比如，卡着袁子皓去播音室的时间，我要不就是肚子疼，要不就是水喝多了，总之，我要去上一次厕所；

比如，每次放学就会很早去学校的自行车棚，看见袁子皓远远地走过来，就马上推车子走出车棚；

再比如，我还给袁子皓传过几封情书，我说："这是有人托我转交给你的……"

最可恨的是，有一次我放学后跟往常一样早早地到了自行车棚，结果等了好久都没有等到他，我就先推着车子经过他们班附近，又推着车子绕遍了整个校园，依然连他的半个影子都没有看到。

正当我垂头丧气甚至略有担心之时，后面传来了深沉的声音："桑小雪，你又在找我吗？"

你看，每次我好像都能被他看穿。

以前他总是看着我的眼睛，不说话，就是笑，可是现在，他开始笑话我了。

在我踉踉跄跄推车子的时候，他绕到我车子前面："做我女朋友吧，桑小雪。"

我想都没想，急切地喊了一句"好呀"。

那天晚上，我收到了袁子皓的一条短信："丫头，记得告诉你爸，不要喝太多茶，喝多了是有副作用的！"

我正琢磨着怎么告诉我爸他未来的女婿如此体贴如此懂事的时候，他的下一条短信出现了："经研究表明，茶喝多了——尿就特别多。"

哈哈，那是一个十五岁的少年。

记得当时年纪小，你爱谈天我爱笑，有一回并肩坐在桃树下，风在林梢鸟儿在叫，我们不知怎样睡着了，梦里花落知多少。

十几年之后的我，跟闺密描述过我最心动的时刻，就是曾经有个男孩子拿着钱包，冲着我大手一挥，说"随便买"。

闺密嘲笑我："你穷疯了，还是你就想给土豪做老婆？你不是那样的人呀。"

闺密说的对，那些，都不是正解。正解，还是跟袁子皓有关。

我跟同桌去学校的小超市买雪糕，发现袁子皓也在。他好像在跟篮球队的队员吃辣条，我想在同桌面前显摆，很大声地说："袁子皓，你请我们吃冰魂呗。"

袁子皓没回头，只是扬起手，把钱包递给我——"随便买"！

哈哈，那是一个十五岁的少年啊。

4

我们县城开了一家肯德基，那也是我和袁子皓第一次去肯德基。

要了两杯可乐，我很大声地说了一句："请帮我拿两根吸管。"点餐的姐姐嘴角咧了一下。

我才知道吸管是自取的。

当我要上洗手间的时候，使出了洪荒之力，怎么拧怎么转也没有让水龙头里流出水来，我又很大声地跟那个点餐的姐姐说："姐姐，你们的水龙头坏了。"

旁边的一个姐姐给我演示了一下，我才知道水龙头是可以自动感应的。

好丢脸。

这一切发生时，袁子皓都乐呵呵地看着我，因为他也不知道嘛。

"喂，我们要做一辈子的朋友，将来都去J城。"袁子皓一边嚼着鸡翅一边给我下指示，"因为我爸在J城，我想去找他。"

"好的，就去J城，都听你的。"我大口咬着手里的鸡腿堡，感叹道："肯德基的汉堡真好吃。"

"真不如我妈做的辣椒炒肉好吃，我最喜欢吃辣椒炒肉了。"

“可是我不能吃辣，会长痘痘的。”

袁子皓淡淡地说了一句：“那就让我妈给你做菜椒炒肉吧。”

没过多久，遇上了SARS，我们学校封闭了。

当我再次回到学校，袁子皓也离开了初三（4）班，袁子皓的妈妈也离开了学校。

有人说袁子皓的妈妈是二婚，不承想遭遇了家暴，便带着儿子出走了；有人说袁子皓是我们中学校长的私生子，无奈之下只能出走；还有一种说法——说袁子皓得了SARS病逝了。

听到这些狗血的传言，我的心都快跳出胸腔了。

我发短信给袁子皓，没有回音。

我打电话给袁子皓，停机。

我去袁子皓住的小区，他家大门紧闭。

非典SARS病毒，也可以解读得很励志——Smile And Retain Smile，我却一点也笑不出来。

袁子皓为什么离开了？什么都没有留下来吗？

袁子皓不会真的出意外了吧？他还在这个世界吗？

袁子皓之前的承诺都算数吗？难道只是逗我玩？

甚至，我都在怀疑，袁子皓还记得我吗？

是的，一切都是问号。

三毛说："我们不肯探索自己本身的价值，我们过分看重他人在自己生命里的参与。于是，孤独不再美好，失去了他人，我们惶恐不安。"

可是，你不得不相信，有很多人，真的被我们一度认定为命定的一部分。

就是这个少年，这个手劲很大的篮球少年，这个叫我"丫头"的少年，让我开了爱情的窍，懂了什么叫怦然心动。

5

初中毕业的那一天，再调皮的男孩子也穿上了签满全班人名的校服，平时讨厌的人也觉得可爱，只是我觉得真的少了一个人。

我们撕书，一本又一本，还有那些写满了答案或空白的试卷，书页满天飞。

五十多岁的年级主任默默站在走廊上，微笑着看我们撒欢。

我们一直偷偷调侃永远痛经的女班主任（因为她的眉头一直都是紧锁的嘛），居然温柔地跟我们说："跟藏在心里的人告白吧，给一个拥抱，别因为这次的不勇敢而成为遗憾呀。”

这还是那个跟我们说要站有站相坐有坐相，教训我们不及格就罚站的班主任吗？

这分明就是知心姐姐落入凡间呀。

可惜的是，袁子皓看不见这一切，我也没有可以去表白的对象。

很多年之后。

我趁学校放暑假，偷偷溜进了操场，一个人都没有的操场。

我躺在操场的塑胶跑道上，头顶是蓝天白云，脑海中始终有一个袁子皓安安静静地看着我，“丫头，你又在找我吗？”

那一年，我最爱的陈奕迅出了《黑白灰》专辑，大街小巷都在飘着《十年》——十年之前的你和我，十年之后的我们。

那一年，仿佛是爱情最美的样子。

多谢你如此精彩耀眼，做我平淡岁月里的一颗星星。

是的，青春里的这一段爱情，有温柔，有安慰，有大胆，有躁动，有明亮，有想象，有承诺，有信任，有鲜花，有掌声，有悸动，有懵懂，有茫然，有孤勇，有黯然……

唯独没有的，是结果。

6

之后，我就上了高中，上了大学，学了播音主持。

毕业后，鬼使神差地来到了J城，成了音乐电台的节目主持人。

一个女主持人，一直没找男朋友，也不去相亲，这多少是有些怪异的。是的，不是没有男孩子向我表白，但我扮演不了心动，可能我心里的位置早就被一个十五岁的少年给填满了。

我第一次在电台播陈奕迅的《好久不见》，差点哭晕在直播间。

是的，我最爱的已经不是那首《十年》了，而是这首《好久不见》。

这该死的卷毛E神，非要把人唱哭吗？

你会不会忽然地出现，在街角的咖啡店

我会带着笑脸，挥手寒暄，和你坐着聊聊天

我多么想和你见一面，看看你最近改变

不再去说从前，只是寒暄

对你说一句，只是说一句好久不见

好久不见，袁子皓。

这么多年，我丢掉了很多好的坏的习惯。

唯一坚持下来的坏习惯就是想念你，我会在挤牙膏的时候想念你，会在阳光晴好的日子晾白衬衫的时候想念你，甚至会在去医院闻到来苏水味道的时候想念你干净明亮的笑容。

我多么想和你见一面，看看你最近的改变，袁子皓。

你会不会忽然地出现，在街角的咖啡店，袁子皓。

这一生，听得最多的是再见，说得最多的也是再见，做得最多的却是再也不见。

我不想跟你说再见了，袁子皓，我想让你陪在我身边。

我们再也不说“你好”和“再见”，我们每天说“早安”和“晚安”。

我多么希望有一天突然惊醒，发现自己是在初一的某一节课上睡着了。

这一切都是一场梦。

桌上满是自己的口水。

我告诉同桌，我做了一个好长好长的梦。

她骂我学傻了，叫我好好听课。

我看了一眼窗外的操场，又低头看了一下时间，再过七分钟，袁子皓就会从教学楼走出来了……

7

冥冥中，我觉得我一定能等到袁子皓，所以大学毕业才会毫不犹豫地选择J城。

我觉得那个人就是去旅行了，过一段时间就会回来，他也一定会在J城谋一份工作。

也许，那是个让人微微烦躁的午后，一个身高一米八二的男人，脸上多了一些胡茬，对着我说："丫头，你又在找我吗？"

他喜欢辣椒炒肉，我不爱吃辣，却开始寻找着J城的每一家辣椒炒肉。

偶尔，我也会觉得袁子皓死在了我的十四岁，被埋在我的记忆里。那么多的大叔、帅哥、萌弟，从我身边走过，高的矮的胖的瘦的，会抽烟的不喝酒的会说黄段子的见了女孩就哆嗦的。

会说普通话的猴子我几乎都找到了，但是就是没有找到我的袁子皓。

我在电台节目里讲过这个故事：

我想嫁给你，可是风太大，大得我找不到你了。

我讨厌那些生命中的不辞而别。

如果一直念念不忘，再见他，我会心痛的，会埋怨的，会生气的，会希望他可以给我一个能说服我的理由的。一切的无理取闹，只是想告诉他，我曾经那么在乎。

遗憾就像青春期的你脸上长的痘痘，那么疼，却绕不过去。

其实，我最想说的是："袁子皓，你给我滚出来！要么，你跟我好好道个别，要么认认真真娶我！"

可是，我什么都没有说，只是在节目里放了一首《十年》。

收到了很多听众的留言，而且大部分的语气都充满了怨恨和愤懑，我知道，说出来的那一刻，我的心里已经没有了恨。

8

听完了小雪的故事后，终于轮到我出场了。

我上一本书《所有遗憾都是对未来的成全》的分享会上，小雪是主持人。

她刚开完场把我介绍出来，便哽咽了，眼睛里噙满了泪水。

我正在脑海中全力搜索其中的原因，桑小雪被人欺负，或者曾经跟我共同经历过一段伤心的过往，再或者体谅我写文字的辛苦？但皆无果。

她只是看到了那张熟悉的脸，就像在风陵渡口，小郭襄遇上了心中的英雄神雕大侠。

而袁子皓也是一脸的慌乱和惊喜，很凌乱的表情。

后来，桑小雪语气恨恨却满脸带笑地跟我说："靠，新哥，我们居然会在你的新书分享会上重逢，子皓居然还是你的邻居！"

"是呀，老话说得好，知识改变命运嘛，多看看我的书，没错的。"

我问过袁子皓。

当年，他的确因为他妈妈的感情问题，而被安排到国外念了高中和大学。

整整七年的时间，他都在国外度过。他也想过寻找小雪，但私生子的流言对他影响很大，而且他也怕打扰当年那个丫头的正常生活。

七年了，该痒了，更何况，物是人非。但袁子皓始终记得和桑小雪在J城的约定。

小雪说："你看，子皓，世界这么大，你跑着你的马拉松，我走着我的小碎步，我照样能追到你。"

子皓说："是呀，你那么笨，如果不是我化身超人来拯救你，你就真的没救了。"

小雪打趣道："你是说，你反穿着内裤过来拯救我？"

子皓回复："其实，不穿也行。"

"……"

小雪吐槽我的身材，她发出啧啧的声音："新哥，作为咱们电台的头牌花魁，强烈建议你向我们家子皓学习一下保持身材的秘诀。"

她是这么描述的："袁子皓裸着上半身的时候，我从来不敢正眼看他。"

我是这么回复的："如果裸着下半身，想分分钟都正眼看他吧。"

她是这么描述的："每次跟袁子皓逛街，我都恨不能在他脖子上挂个牌子宣誓主权。"

我是这么回复的："您是遛狗呢，还是虐狗呢。"

她是这么描述的:“袁子皓这种身材和长相，怎么拍怎么好看。”

我是这么回复的:“桑小雪，你应该不只想拍吧。”

“新哥，你发现了吗？说话的时候，顺序特别重要。”

“什么意思？”

“如果你说一个女大学生晚上去陪酒，听起来感觉就不太好，可如果你说一个陪酒女白天坚持去大学听课，那就是满满的正能量了。”

“所以呢？”

“所以，我想每天早上都能和袁子皓一起起床。”

“……”

“炫耀这些都没用，你俩赶紧定下来啥时候举行婚礼，我要做你们婚礼的主持人。”我有点皇帝不急太监急。

小雪拍了一下桌子，吓我一跳:“主持人？那可不行！”

“拜托，你们对我的主持功力不满还是咋的？”

“不不不，你是证婚人，你完全是我们的大媒人呐。”

9

每一个女孩的秘密里，都住着一个男孩。

每一个男孩的青春里，都藏过一个女孩。

每个人都有自己的故事，每个人都有自己的选择。

每个人都有自己的初衷，每个人都有自己的因果。

一个鲜衣怒马，一个初发芙蓉。

你是我的独一，我是你的无二。

总有一个人，是你潜意识里无法舍弃的怀念。

哪怕，一个成了老男孩，一个成了老女孩，也是刚刚好。

这个世界上，有太多的事情都不是我们自己能够主宰和抉择的，可偏偏爱，容许我们抉择。

所以，不要跟我说什么门当户对，扯什么伦理纲常。

爱，也许对，也许错，但是只要坚持到最后，那就都对了。

现在——你在，我也在。

希望以后——我在，你也在，我们一直都在一起。

我见过黄昏追逐黎明，却再也没见过你

///

这是一个南方的女读者，通过袁子皓要到了我的微信，她花了一个半月的时间给我讲完了整个故事。

对方自称“小喇叭”，在她讲的故事里，女主角叫汐颜，男主角叫吴楠。

吴楠，我听过这个名字，袁子皓中学时代篮球队的队友，比袁子皓还要瘦，穿衣风格相当有特点，常年穿一件白色T恤，冬天就在T恤外面套一件羽绒服。

写下这个故事之前，我一直在追问这个故事的真实性，“小喇叭”说：“新哥，你就当成个故事听吧。”

之后，她再也没有回复过我。

1

火车站。

“吴楠，我们认识两年了。”我依依不舍地对吴楠说。

面前的这个男孩比我高出了一头，我们同岁，可是面对他，我总有一种对着弟弟的错觉。

吴楠常年穿一件白色T恤，春秋季是卫衣加一件白色T恤，冬季是羽绒服加一件白色T恤。

他喜欢打篮球，而且让我看着他打，他说有我在旁边看着他就很安心很幸福；

他是那种人神共愤的瘦人，怎么吃都不胖；

他不太喜欢笑，我逗他笑的时候，他也只是嘴角抽搐一下，眼睛里倒映出我的脸。

在火车站的那一刻，我能看到他眼睛里的泪，聚成了一汪清水。

“我还是觉得该上大学的是你，你比我更适合。”吴楠叹了一口气。

“好啦，吴楠，条条大路通罗马。”我也叹了一口气，“等我赚足够多的钱，我还是能继续上大学呀。”

“汐颜，我会不会太自私了？”

“傻，我要上车了。”

南下的火车，我抱着吴楠送我的一盆常春藤，第一次深刻地感受到了沉重和依恋。

分别，意味着以后偷偷看你一眼的机会都很少了，意味着你曾经的朋友会变成别人的好朋友，意味着我转过头也看不见你的微笑，意味着很可能我们会彼此忘记。

这一站，我去的是我完全陌生的广州，他们说那是一个四季温热的城市，我想我还是会感到冷的。

选择南下打工，这是当时我能选择的最佳出路。

2

那年我上高二，认识了吴楠。

经过操场，远远看到一个人背着手，像个老干部，直直地走过来。

他弓着腰，瘦得像一只冬天里的小龙虾，身上找不出任何相对丰满的地方，好在，他还不红。

走近了，扑克牌一样的脸，分明是嫩得发芽，却非要老树开花。

后来，我才知道，那天吴楠因为打篮球摔了一跤，所以裤子的屁股部分裂了一个口子。所以，他灵机一动，摇身一变成了背着手考察学校的“老干部”。

有些人，之前你觉得从来没见过，认识了之后，你才发现，他无处不在。

这，就是缘分。

隔三岔五，我就能看到吴楠和另一个男生在操场的一侧打篮球。每次跳起来，他的 T 恤就会拦不住紧实的腹肌，露出一截明亮的皮肤。

我不由得低下头，或者把脸转向别处，仿佛见到了不该见的。

后来，我才懂，这分明是心中有鬼。

周围的女孩子也在窃窃私语，通过她们的对话，我知道他叫吴楠，是高二（6）班的体育委员，另一个男生叫袁子皓。

在我们的学生时代，总有被频频提起的风云人物，吴楠和袁子皓都应该算是个中翘楚。

如同见了鬼的，是我们真正的相识。

放学后，我正走近操场，也准备偷瞄一下吴楠，他居然冲着我走过来，问我：“你是（3）班的学习委员？物理笔记借我用一下。”

“我？这，啊？”我的大脑迅速进入了高速运转模式，可惜有些宕机。

“我不是骗子，我是（6）班的体育委员，我叫吴楠。”他的语气里明显充满着讨好。

“我？这，啊？”我的大脑俨然痉挛成了盲点状态。

“行不行，汐颜？你以前应该见过我打球的。”他倒是对自己的风云程度非常自信。

“我？这，啊？”我仿佛被人看穿了心事，迅速从包里翻出物理笔记塞到他手里，跑远了。

“喂，留个电话……”我身后的吴楠喊着。

周末，吴楠说他要表达对我的感激，想约我看电影。

路上，吴楠跟我说，这是袁子皓给他的两张电影票，他脑海当中冒出的唯一一个想同去看电影的人，就是我。

我内心窃喜，倒不是因为我是那个唯一，而是因为藏不住秘密的男生清澈澄明。

这是我生平第一次看非露天的电影，电影好不好看我不知道，只知道坐在影院里，他突然抓住了我的手，瞬间我的手心里全是汗。

我缓缓转头，看了他一眼，他也不理我，依然十指紧扣。

那些天，我心里始终种着一种疑问：看一部叫作《蓝精灵》的动画电影，不至于让爱情的种子萌发吧？

还有吴楠的笑，也许是平时太过严肃，一旦笑起来就会释放所有的能量，他笑起来的眼睛真的犹如星星一样明亮。

我可能是唯一一个经常看到他笑得露出两排牙齿，像个孩子一样一点都不顾形象的人。

我说出心中疑惑：“他们都说你像一块冰山，不会笑。”

吴楠笑着说：“那我就一心一意只做你的暖男，做他们的冰山。”

我没有想过我在高中阶段会交往一个男朋友，我分明就是个灰姑娘，也从未敢奢望去寻找水晶鞋和王子。

我不安地问吴楠：“你为什么喜欢我？我那么不起眼。”

吴楠说：“不知道为什么，看到你的第一眼，我就觉得你跟我女朋友长得一模一样。”

“吴楠，你并不了解我。”

“那你就要给我机会，让我了解你。”

我告诉了吴楠关于我的窘迫。

初二那年，当我从学校蹦蹦跳跳回到家时，发现我的父亲大小便失禁地躺在了水泥地上。医生说是脑出血，从此生活不能自理。

两年前，母亲终究还是选择了改嫁，她的日子也不好过，承诺会供我读完高中。

我选择了走读，一方面，可以省一部分住宿费；另一方面，也可以照顾我的父亲。

我会给父亲好好洗一把脸，喂他吃东西，剪指甲，告诉他我的小秘密。父亲的眼睛盯着我，眼球偶尔动一动，脸上已做不出任何表情了。

我想用我的窘迫吓走吴楠，可他却一把把我扯到了他的怀里，“接下来所有的一切，我们一起承担。”

过了很久，吴楠跟我说，有一次学校的餐厅里有两桌人不知道因为什么事突然打起来，他看到我冲到人群里把其中的一个小朋友抱在了怀里，并且捂住了小朋友的眼睛。

吴楠说：“我当时就想跟你在一起了。”

你经常觉得自己平凡到只可以做一个路人，却还是有人把你捧在手心里，让你去做他的女主角。

有人说，每一个姑娘都曾经是灰姑娘，是因为遇见了王子，才回眸一笑成为公主。

但我不配，世界上所有焦虑的另一个名字都叫穷。

苏格拉底曾经问一位智慧的老者克法洛斯："在你看来，拥有很多很多的钱给你带来的最大好处是什么？"

克法洛斯说："这个最大的好处，说出来未必有人相信。那就是，金钱可以让一个人更良善。"

我本就是一个农家女孩，每天想的都是家里捉襟见肘的经济状况，关于"未来"从来都不敢画一张图，更别说拥有爱情的奢望了。

关于爱情，连想一下，都觉得是一种越界。

3

明亮的，终究会成为过去，偶像剧也演变成了苦情戏。

当我的同龄人们正在憧憬他们的大学时，我跟吴楠告别后只身一人到了广州。

我的第一份工作是超市里的导购，貌似这也是一个高中毕业生能找到的最正常的工作了。

整理货架排面，清洁商品和货架；巡视所属区域的货架存货情况，了解缺货、断货情况；整理货架，依照先进先出的原则进行补货陈列……

声音很好听的店长姐姐夸我："汐颜妹妹，你的年龄这么小，适应能力却很强呀。"

我冲着她笑了。

哪里有什么适应，不过是更能体谅，不过是小心翼翼，不过是足够珍惜。

店长姐姐曾经问过我，是否愿意嫁给她的弟弟，一个因车祸而起不了床的男人。

她的原话是："毕竟我们是本地人，城里人。"

我拒绝了，我说："姐姐，我年龄还小，等等看。"

店长姐姐也笑了："对嘛对嘛，不着急的。"

一年之后，我成为这家超市的会计，店长姐姐建议我参加会计从业资格证书的考试。

我买来教材，给吴楠打了一个电话。

上了大学之后的吴楠比以前喜欢笑了，也许是走过了高中压抑的三年，再加上他本身就是个阳光向上的男孩子。

电话里，我们聊各自的理想。

他说："将来，我想开一家属于自己的健身房。"

我说："将来，我想开一间属于自己的花店。"

吴楠说："那咱俩就要多念念我的名字。"

"你的名字？"

"对呀，吴楠，世上无难事嘛。"

电话这头的我，也被逗得咯咯笑。

吴楠沉默了一会儿："汐颜，你辛苦了。我们会在一起的，相信我。"

实话说，我有点害怕别人给出的承诺了，我知道，承诺是蜜饯，是毒药，也是枷锁。

"吴楠，从下个月开始，我从工资里留出一部分打给你，就当给你用来改善伙食。"

"什么意思？"

"没什么意思，就当为我们的未来投资。"

"我不要，我真的用不上。"

4

转眼间吴楠大三了，他说他不打算考研，想毕业后来广州找我。

我劝他最好能继续考研，争取有更好的工作，我可以继续等。

他说：“我等不及了，我想和你在同一个城市，穿过同样拥挤的人潮，感受同样的堵车。”

我说：“你不能任性，即使我们现在不在同一个城市，我们也可以看到同一个月亮，呼吸同样的空气。”

他反驳：“我呼吸的空气有霾，你呼吸的是清新的空气，肯定不一样。”

我说：“你是个有梦想的人，你身上承载着我们两个人的梦想，怎么能半途而废？”

他继续反驳：“既然是两个人的梦想，就应该两个人一起完成。”

我说：“吴楠，你如果坚持来广州，我就退出。”

电话里，不欢而散。

一周之后，我给吴楠打电话：“吴楠，这是我给你打的最后一个电话，我们以后不要电话和微信了，我们每个月通信一次，这样既不浪费你的时间也不浪费我的时间。”

电话那头的吴楠有点蒙：“汐颜？你还生我的气呢？我考研，我听你的。”

“答应我，你要好好学习，我要好好工作。我们不能浪费时间了。”

“我们没有浪费时间……”

我跟他解释了半天，我不是生气，我也没有遇到别的男人，我们都是有梦想的人，为了梦想，我们必须度过一段寂寞的时光，我们应该好好学习天天向上。

因为讲了太多，我的嘴都快肿成香肠了，可是，我能想到他的脸上依然写着两个让人绝望的字——不懂。

从此之后，我再也没有接过吴楠的电话。

我跟吴楠说：“我把闺密小喇叭的电话给你，有急事就让她转达，她可以找到我。”

吴楠，请原谅我的任性。

如果你想找一份纯粹的爱情，那么在这个爱情的世界里永远都是没有谁比谁付出多或少的问题，我们彼此都是心甘情愿，就算曾经的掏心掏肺换来的是狼心狗肺。

但至少可以在爱情走的时候，你可以对对方说：感谢你来过，我也喜欢那个为你奋不顾身的自己。

5

吴楠的考研结果公布了，那个数字可以让其他考生艳羡不已。我就说过，每个人都要经历一段寂寞的时光，这是值得的。

吴楠马上订票来到了广州，到广州的第一件事情，就是要见我。

可惜的是，他还是没能打通我的电话，而只能向我的闺密小喇叭求助。

“快带我去找汐颜。”

“她不在这里了。”小喇叭红着眼睛。

“她去哪里了？你带我去找她。”

小喇叭告诉吴楠，一年前，我就去了另外一个很遥远的城市。

吴楠满脸的惶惑：“不可能呀，每个月，汐颜都从广州给我写一封信呀，还有每月打给我的生活费。她肯定在广州，你们是不是要我呢？她是不是有别人了？”

“闭嘴吧你。”小喇叭给了他一个很大的白眼。

“那你赶紧告诉我汐颜到底在哪儿！”

“吴楠，你不要着急，我想给你讲个故事。”

“讲什么故事？我要见汐颜。”

“你今天见不到了，那些信是她一年前写好的，让我每个月寄给你一封，还有生活费，也是她之前没白没黑的加班赚来的。”

“你，什么意思？”

6

一年后，我二十三岁的生日，吴楠和小喇叭一起来看我了。

小喇叭说：“汐颜，恭喜你，你没有看错人。”

我沉默。

吴楠说：“汐颜，我想你了。”

我沉默。

吴楠拿出了一张照片，那是一家花店，“汐颜的店”。

门前摆满了憨厚可爱的多肉，店里布满了各式各样的装着有机植物的玻璃瓶子，独特的陶瓷花瓶透着光泽，里面插着一束干净的百合。

还有茶几上的那盆常春藤，那是我十八岁生日时你送我的礼物，这么多年了，茂密得有些不像话了。

你当时发了疯一样地追那辆刚刚路过的洒水车，大声叫着谢谢。因为，当天洒水车路过时播放的音乐就是《生日快乐》。

当时你告诉我，常春藤的寓意是招财进宝，我还跟你犟，我说我才十八岁，招什么财进什么宝，后来他们告诉我，常春藤的爱情寓意是忠诚。

吴楠笑了笑，跟我说："汐颜，看，这是我们的花店，开起来了，你当年邮寄给我的钱，我一分都没有花，本来想娶你的时候，给你买一枚好看的钻戒，现在……"

他顿了顿，接着说："现在也不错，是你喜欢的花店。"

我沉默。

我记得《小王子》里有一句话：也许世界上也有五千朵和你一模一样的花，但只有你是我独一无二的玫瑰。

他们的面前，是一座墓碑，上面写着"汐颜之墓"。

听到他们的话，我不想沉默，我很想微笑。

有多少人，开着玩笑，心里全是真情；有多少人，演绎着真情，却开着玩笑。

7

我也没有想到，我会患上胰腺癌，很疼的一种癌症，发展很快的一种癌症。

持续的腹痛，我以为是因为我不规律的饮食习惯造成的；体重减轻，我还庆幸自己的体重控制得不错。我以为那是医生的误诊，我不抽烟不喝酒，平常吃得也清淡，怎么会患上癌症，还是“癌症之王”的胰腺癌。

病情确诊的那一天，我先是有点愣，没过一会儿，眼泪唰一下就出来了。

中午一直没有吃饭，眼睛肿着去买了四个小笼包。取完包子刚准备走，卖包子的阿姨把一杯小米粥塞到我手里，说城市里生活都不容易对自己好点。

晚上想吃麻辣烫了，超市门口卖麻辣烫的叔叔认识我，看到我不说话眼睛哭红了，默默在碗里给我加了个茶叶蛋，调侃我，“想要变成小白兔啦？”

生病之前，总觉得世界很大，大到怎么也看不出搭讪的到底是好人还是坏人；但生病之后，又总觉得世界好小，我的世界里都是我爱的人。

回家的路上，我买了一个草莓味的冰激凌。可能是太冷了，所以我在广州的风里不停地流着眼泪。

吃着那么甜的冰激凌，觉得日子也不算难过，但是反复在心里说：“吴楠，我多么想跟你呼吸同一个城市的空气，我多么想见你一面。”

就在这时候，突然听到路边的超市在放一首老歌——羽泉的《奔跑》。

依然是羽泉很年轻的声音，他们在唱：“随风奔跑自由是方向，敢爱敢做勇敢闯一闯，哪怕遇见再大的风险再大的浪，也会有默契的目光……”

平常听就会觉得是大妈在跳广场舞的节奏，可是那天听到的感觉完全变了。

我知道自己要坚持，要努力，为了家人，为了自己，也为了吴楠。

我用口红在镜子上画了一个小小的笑脸，每当难过时，就会看着那个笑脸，仿佛见到吴楠就在我面前看着我，脸上洋溢着笑。

我的脚从三十六码肿到了四十码，彻夜难眠刺骨的痛，我趴在床上，捂着肚子，写了十二封信，其中有五封信都写了两遍，因为突如其来的疼痛，会让纸上的笔画乱掉。

我怕吴楠能从乱掉的笔画中看出端倪，所以每一笔都写得极其认真，就像在完成某一种仪式。

小喇叭晃着我的胳膊：“汐颜，你就非得这么折磨自己吗？”

我笑了笑。

小喇叭哭着跟我说：“汐颜，我想现在就告诉吴楠。”

我转过头看着小喇叭："这事，必须听我的，算我求你了。"

我从九十八斤瘦到只有七十八斤，身上插着很多根管子，肚子瘪下去了一大块，腿肿胀到失去了知觉，吃不进东西，连止疼药都吞不下去了。

医生说，如果手术切除，基本可以保证半年以上的寿命。

医生说，我的胆红素越来越高，身体开始皮下出血了。

医生说，很多胰腺癌的患者最后都是饿死的。

最后的那个晚上，昏迷中醒来的我，跟小喇叭说："我这一整个夏天都没有吃西瓜，你买一杯西瓜汁给我喝吧。"

可惜的是，小喇叭带着刚刚榨好的西瓜汁回来的时候，我已经走了。

小喇叭跟我说，你的内心充满了矛盾，你想离开广州，又想一直待在广州。

你想永远离开这座悲伤的城市，广州的天气预报你都觉得刺耳。在我之后，你说，你没有可能再爱上任何人。

爱，使我们漫长的一生变得可以描述，值得歌颂。

曾经听过这样一个说法：世界上会有七个不同的你，分布在不同的地方。

只是，我不知道，在我现在的世界里，还能不能找到另一个你。

8

吴楠，当你做了一道无比普通的西红柿汤打电话让我回去喝的时候，我就想成为你的新娘，从此不离不弃。

可后来，我们还是分开了。

只是，从始至终我都没想过要成为另外一个人的新娘。

吴楠，还记得我们小镇的那家很便宜的小餐馆吗，是叫“川吉”吧。还记得你擦着嘴巴对我说“要把这家一直使用地沟油的店吃到倒闭”吗？很遗憾的是，我们没有等到它倒闭，已经不能继续吃了。

有一个冬天的晚上，我的手冰凉冰凉的，你二话没说，掀开自己的羽绒服，把我的手放在了你的肚皮上，那一瞬间我觉得自己是世界上最幸福的人。

我的那件红色的羽绒服总是掉毛，我们面对面吃一碗米线，你吃一口就从我的羽绒服上摘下一根毛，就是那个细节，让我温暖无比。

可是，现在的我，才是真正冰冷的，我喜欢的东西最终都离我而去了。

我不想跟你好好告别，如果不好好告别，那么生生世世才会继续纠缠下去。

根据北宋理学家邵雍的推算，世界上的事物将在十二万九千六百年后，完全重现，也就是说，在十二万九千六百年之后，我们还会在这里相遇，我还会遇见你。

爱情，就是伤心的夜晚有一个人借你一个温暖的肩膀，灰色的生活里有一个人给你带来了色彩，在面对洪水猛兽时有一个人为你披荆斩棘劈山开路。

我很喜欢的民谣歌手陈粒在唱：

> 我见过沙漠下暴雨，见过大海亲吻鲨鱼。见过黄昏追逐黎明，没见过你。

是的，很遗憾，我再也没有见过你。

所有遗憾，都是对未来的成全

///

1

柴静采访和主持的短片《奥运瞬间》，是我在高校讲课时通常会提到的经典案例。

我至今都忘不了自己第一次看这期节目的场景。

那是在一个下午，当时有光线射进房间里，再加上电视机屏幕折射的光，能看到空气里漂浮的尘埃，人居然也有了一些微醺的感觉。

主持人柴静穿了一件深黄色的 T 恤，胸口还有中央电视台的 LOGO，她不说“电视机前的观众朋友你好”，没有任何客套和寒暄，一上来就是：

我希望将来有一天，人们谈起北京奥运会的时候，记起的不仅仅是菲尔普斯的八块金牌，博尔特的飞人纪录，还有那些也许无名的运动员，和那一个个留在人们心中不朽的瞬间。

我们所看过的大多数电视节目，或者我主持过的绝大多数类似的节目，都是先来一个高大上的全景镜头，紧接着是观众的掌声（提前录制好的），然后是主持人穿着华美的礼服款款走向舞台中央，深情地念着毫无情感却罗列得很工整的台词……这就是一场盛大得近乎悖论的表演。

我自己也经常“使用”这样的主持“技巧”。

就像媒体人白岩松在一次论坛中所讲的，当技术越来越不停地迭代，主持的技术门槛越来越低。太多年轻的同行们，讲着一级甲等的废话，却丢掉了媒体人应有的敏锐、恰切和分寸。

反观柴静的主持，你才知道，那是最具质感的呈现方式，很收敛，很高级。

《奥运瞬间》的短片里，用了很大的篇幅讲述了美国射击运动员埃蒙斯的故事。

出生在猎户之家的埃蒙斯，是公认的射击天才，也取得过很好的成绩。

2008 年，北京奥运会，50 米步枪 3×40 决赛，这是埃蒙斯期待一雪前耻的关键比赛。

2

四年前的雅典，埃蒙斯参加了自己人生中的第一次奥运会。

那一年，他二十三岁。

在 50 米步枪三姿决赛，前九枪过后，埃蒙斯领先第二名 3 环之多。在打出最后一枪前，几乎所有人都认为埃蒙斯已经是手握金牌在比赛。

然而，“传奇”的最后一枪射出来了——10.6 环。

只不过，他射到了旁边运动员的靶子上。

四年后的北京。

埃蒙斯再一次大比分领先，所有的现场观众都屏息凝视，有人希望他打破纪录，有人希望他能够再现辉煌。

也许，还有人替他捏着一把汗。

埃蒙斯的最后一枪，射击了，他打出了一名专业射击运动员几乎不会打出的 4.4 环，全场震惊。

柴静手里握着话筒，语气里听得出情绪的波动，她脱口而出了一句后来她认为是口误的话——“雅典的悲剧再次重演！”

在寻常人看来，这并非一句口误，就是悲剧嘛，就是悲剧再次重演了嘛。

柴静说，起先她也是这么想的，只是后来，有人告诉她，这不是一场悲剧，这不过是一场寻常的失败，而已。

此时，埃蒙斯的妻子，同样是知名射击运动员的卡特琳娜，双眼瞪大，分明也很错愕。

卡特琳娜在拿到了北京奥运会的第一块金牌后，在现场解说丈夫的比赛，她也跟太多人一样充满了期待和幻想。

那一刻，现场太多人都站起来了，分不清呼喊的情绪中，到底是扼腕叹息更多，还是为真正的冠军喝彩更多。

3

经典的画面还在继续，媒体人柴静还在记录。

卡特琳娜呆住数秒之后，离开座位，向场地边缘走去。

戴着眼镜的她，在人群里时隐时现，侧头找寻，她隔着栏杆，向场地中怅然若失的埃蒙斯伸出手去。

埃蒙斯将头抵在栏杆上，卡特琳娜俯身下去，隔着栅栏揽住丈夫，一只手揽住丈夫的脖颈，另一只手摩挲他的眉毛，像一个母亲在安抚委屈的孩子，呈现出无限温存。

埃蒙斯安慰着妻子，他眼睛里噙满了泪水，他告诉妻子，这一切都没有问题，自己已经尽力了，一切都会好的。

卡特琳娜伸出手，在丈夫的鼻尖勾了一下，两人笑了。

继而，她亲吻了她的丈夫。

“现场记者”柴静说:“我想这场比赛的胜负都会过去，但人们会记住，在北京奥运会上这一对情侣的传奇故事，人们会记住他们无分胜负、彼此分担的情感。”

而在后来的演播室内，“主持人”柴静又总结说:

在刚才的片子里，我在现场报道的时候，看到埃蒙斯最后一枪打出 4.4 环的成绩，我脱口而出说雅典的悲剧重演，但是事后我的同事提醒我说，这不是一个悲剧，这只不过是一场失败。在编辑这个片子的时候，我保留了这句话，是因为我想提醒自己，在我们惯有的思维当中，我们经常认为失败就意味着悲剧，但其实胜负只是一场普通的结果，最重要的是像埃蒙斯在事后采访说的那样，“我失败了，我会承担责任，但是我还会回来，我会赢得那枚金牌。”

鲜有主持人敢在节目里说“我想提醒自己”，因为节目是做给大众看的；鲜有主播敢将自己的“口误”堂而皇之地讲出来，因为口误是会让我们付出代价的。

尽管柴静曾经遭遇了很多的非议或是专业领域内的指责，但我依然认为，她是新闻行业中真正“破冰”的人。

她是一个拥有自己话语表达方式的媒体人，没有人跟她相同，甚至都很难找到一个与她相似的媒体人。

4

有趣的故事还有很多。

四年前，雅典奥运会失利后，为了平复失落的心情，埃蒙斯去了一家酒吧。

也就是在那家酒吧，一个姑娘走近他，不断给予他安慰，这个姑娘就是当时捷克的射击名将卡特琳娜。

后来，卡特琳娜成为埃蒙斯的妻子，成了“埃蒙斯·卡特琳娜”。

埃蒙斯后来说过："如果我知道会因为脱靶认识卡特琳娜，那我会选择第一枪就脱靶。"

后来，他果然又遗憾"如愿"了。

有文章用了这样的标题，来概括埃蒙斯的射击人生——《他可能是奥运史上最倒霉的人》。

5

故事，还远没有结束。

北京奥运会后的第二年，埃蒙斯迎来了自己女儿的诞生，他听到了幸福的敲门声。

一年之后，埃蒙斯被确诊患有甲状腺癌，在妻子的支持和女儿的陪伴下，他顺利接受了手术，摘除了甲状腺。

术后的第二个月，埃蒙斯继续回到比赛场上，拿到了射击世界杯男子50米步枪三姿的金牌。

埃蒙斯在社交网站上的自我介绍是：三届奥运奖牌得主、世界冠军、丈夫、父亲、癌症康复者；喜爱打猎，喜欢待在户外，喜欢越野滑雪、跑步和打冰上曲棍球；拥有一个MBA学位。

这个世界，从来都不是一片坦途，处处有遗憾，时时有不甘。

很多时候，我们没有遭遇祸端，并非因为我们聪明，不过是幸运而已。

在面对这个世界的猜忌、不公、委屈时，多幸运，我们遇见了对的人，尽管在此之前我们或许经历了很多辗转、流离。他们披着亲人、爱人或朋友的不同的外衣，对着你微笑，祝愿你更好。

谢谢你，我的亲人，我的爱人，我的朋友。

谢谢终于出现了的你，让我坚信，所有遗憾都是对未来的成全，更是未来惊喜的铺垫。

很多道理都是虚妄的

///

1

从“丁克家庭”，到一家三口，往往只需要一个意外。

初次相遇，牛二和二哥侃天侃地侃大山，聊到了半夜，包括后来组建家庭。

在他们看来，婚姻既不是承诺，又不是激情，更不是贪图一时欢愉，婚姻只不过就是彼此漫长生命中的一场聚会。

“独乐乐不如众乐乐，我们决定一起夫妻双双把家玩……”

这是一个天马行空的女艺术家和一个不按套路出牌的男警察的组合。

翻阅那些年两个人的合影，几乎没有一张正经照片，两个人张着嘴巴挤眉弄眼，伸出舌头做惊愕状，完全是幼儿园的小朋友在玩过家家，关键两个人还玩得不亦乐乎风生水起。

牛二曾经用过以下词汇描述他们的二人世界：

纸醉金迷、放纵、任性、逍遥……对别人来说，婚姻是爱情的坟墓，可对他们而言，婚姻只是个PARTY。

他们本是专业而又执着的丁克一族，在这方面，两个人的观念惊人地一致。

没想到，在一起后的第八年，验孕棒上意外地出现了两条线，这可不是他们人生规划的应有项目。

两个人先是四目相对，小兔乱撞了好一阵，最后终于放松了。

对很多人来说这是人生大事，但对他们而言，人生没有大事。

“我们是丁克，但我们不是杀手。既然是上天送来的礼物，那就把孩子生下来吧。”

这决定下得，就如同本来计划周末要去吃咖喱牛排，最后却转了个身去了一家北京老火锅店。

此前，他们花了海量的时间和精力，去面对亲人和周围朋友的眼神，去向他们解释为什么只想拥有自己的“二人世界”。

就在所有人接受了他们的“丁克”计划时，他们却又要给周围的亲戚朋友报告一个惊喜：我们要做爸爸妈妈了！

您二位是在身体力行地重现马三立先生的经典相声《逗你玩》吗？

2

很多准妈妈，都变身成大熊猫一样的重点保护对象，被全家人捧在手心里。

牛二却不管不顾，她剪了短发，穿着吊带裙，依然漫山遍野地玩耍，依然过着自己的艺术家生活。二哥在旁边，担当着最称职的摄影师。

心理学家说，如果一个人平时很喜欢笑，那就说明他的内心深处很悲伤。

“去他的，我们平时就喜欢笑，还喜欢闹，那是因为我们内心深处很快乐。”

孩子出生前，两个人就给他取好了名字——茄子。

这可是每个人微笑着面对镜头时齐声喊出来的名字，想想看，一屋子人一齐喊“茄子”的壮观场面。

一对父母，给予子女的最重要的祝福，便是希望他（她）始终能保持会心的笑容。

让一个人变得强大的最好方式，就是让他拥有想要保护的人，他们找到了彼此，还有即将出生的孩子。

他们想到了这样一句欢迎词：“茄子，等你出生了，咱仨一起折腾一起笑。”

分娩前三小时，他们终于认识到：人，要正经一点。

两个人带着接下来要用的和感觉能用得上的零七八碎赶到了医院。

没有一丝丝犹豫，“茄子”出生了。

七斤半，标准的大胖小子，活泼又灿烂。

只是还没等牛二跟儿子亲密够，生完孩子的第五天，牛二就病倒了。

在医生的建议下，她很快做了手术，乳房被切了一个洞，被强行终止产乳和哺乳。可是，病情依然没有控制住，她被转入济南的一家医院做肾穿刺。

医院确诊了，诊断结果是SLE（系统性红斑狼疮）。

这是一种多发于青年女性的、自身免疫性结缔组织病，累及多脏器。由于发生机制的不确定，目前这种病无法被治愈，只能靠药物控制。

医生还补充了一句，说诱因是妊娠雌激素增高，说白了，是臭小子“茄子”带来的病。

都是天使惹的祸呗。

因为药物里含激素，一向注重身材管理的牛二，体重从八十八斤暴涨到一百七十斤，她真的变成了一只妥妥的“圆茄子”。

真是又“牛”又“二”的。

换药的时候痛到昏厥，牛二甚至动过自杀的念头。

年三十，牛二坐在病房的窗边想，这窗户装的栏杆根本不够高，想跳下去太容易了，只是未必能够完美落地，在车水马龙的街道上找不到全尸不说，还可能会连累无辜的车主。

看出老婆的焦灼和郁闷，二哥拍着胸脯说：“老婆，我一定会让你回家过年的！”

真的就像电影里演的那样，二哥帮助牛二从医院“逃”回了家里，两个人做得那叫一个天衣无缝。

他们“合伙”吃了一个大比萨，看了五分钟春晚，哄睡了孩子，又聊了聊天。

之后，相拥而眠。

这一切变故，如果搁到之前，牛二会抱着二哥放声大哭，之后再畅快淋漓地骂几句。

但是现在不行。牛二的身份是妈妈。

人与人之间，一个极大的区别，便是勇气，而“妈妈”这个角色赋予了她更多的勇气。妈妈最好是不要说脏话的，哪怕要说脏话，最多也是那句“我的小兔崽子”。

“是两个男人让我活到今天，或许未来更久。虽然我不知道明天会不会是我的死期，但我执意向前。”

3

身材走样之前，艺术家牛二最关心的问题是，这个世界怎么看我。

当变成了一个一百七十斤的“圆茄子”后，她最关心的就是，我怎么看这个世界，反正世界怎么看她都是个女胖子。

她拖着厚重的躯体，依然戴着夸张的头巾和项链，穿着紧身连衣裙，踩着镶着水钻的高跟鞋去办展。

后来，她跟二哥提议：“我们去试试另外一种人生吧，进入另外一个平行世界。”

几乎没有经过任何思想斗争，二哥就辞职了。

他心甘情愿地成了一个全职奶爸，负责养孩子和“貌美如花”，牛二则继续做着她的艺术家负责赚钱养家。

他们拍拍手，逃离了上海，搬到了山东烟台一个清静的小村子定居。

白云下，大海边，微风里，红瓦房，这不是人间仙境吗？

一百五十平方米的房子，外加一百五十平方米的小院，这不是大富豪才配拥有的生活吗？

这一切，居然只需要四百五十块钱的租金。

这里四季分明，清风徐来，还有一年十二个月不间断的应季水果和按盆吃的海鲜。

之前必须用金钱才能满足的幸福和快乐，现在全成了免费商品。

怎么被我写得有点像楼盘广告了？

“出走”之后，牛二和二哥收获了结婚十年后的另一个“对方”。

之前，由于各自工作的原因，留给对方的时间太稀缺，置身乡村后，他们才发现身边人完全是崭新的。

贴着倒“福”字的院子里，二哥穿着棉拖鞋，戴着毛围巾，戴着线帽子，手持一柄菜刀剁排骨，完全就是一个“乡村野夫”。

手腕处的那个精致的文身，破了局，那是他们以往精致生活的痕迹。

而现在，一切都不顶用了。

所谓拥有，皆非束缚；所谓过往，皆为序章。

4

就这样，牛二和二哥从野到不行的前卫夫妻，变成了节奏缓慢的乡野农人。

“本来，我们还跟老乡们有距离，现在觉得，我们就是他们，他们就是我们。”

刚到农村时，那股子原始的兴奋劲儿，没能坚持十二个小时。

在村子里待了一周之后，他们去到市里的肯德基，不管是中央空调、柔软的座椅，还是服务员的周到服务，都会让他们留恋无比。

此前对五星级酒店总是充满了挑剔，后来觉得酒店里云朵般舒适的毛巾、柔软的地毯都是生活的赏赐。

就连地铁拥挤的人流，都被牛二品出了别样的隆重：“感觉迎面的人都是为你而来，后面的人都是随你而去。”

但，牛二和二哥两个人知道，那种生活是他们自愿剥离开的。

他们笨拙地学着如何做一对农民夫妇，这是他们此前从来没有想过的“标签”和生活。

他们种了十五种蔬菜，养了两只鸭子、六只鸡、一只羊、一条狗，还有一只猫。

这分明是活在了植物园和动物园里。

牛二在屋里铺床，二哥就在院子里杀鸡，茄子也不管爸妈，冬天零下八九度他也照样衣着单薄在院子里撒欢，遛羊遛狗好开心。

人生不是游乐场，但我们都要学会快乐。

上海的朋友都疯掉了。

“你们不在乎孩子的教育条件吗？不需要把孩子送去辅导班吗？”

“你们自愿放弃了自己的人生，真的是佛系极了，可是茄子会输在起跑线上的呀。”

牛二能想到朋友双脚跺地恨铁不成钢的神情。

这个世界，从来都不缺少评论。

有人说，选择逃离城市，对孩子不公平，为了自身的宁静而放弃了城市教育，作为父母很自私！

还有人说，一定是上海有房收租，不然哪来的闲情逸致？没有财务自由，怎么可能享受人生？

人生从来都不是一个模板套下来的，而幸福也从来不止一个标杆。

这些评论，牛二听到看到了，却很少反驳。

在她的认知中，能给孩子最宝贵的东西，既不是大鱼大肉，也不是各式培训机构，更不是被吼了几十年的“起跑线”。

干净的空气，干净的食物和水，以及父母的陪伴，对一个孩子而言，才是最宝贵的财富。

在他们看来最宝贵的，在旁人看来也许最廉价。

最恨的就是有人问：“你的追求呢？你的远大理想呢？你难道不想对这个社会有贡献吗？”

这些追问，就像一只又一只怎么也打不死的蚊子，嗡嗡乱飞，蜂拥而至。

我从来都不否认这个世界诞生过英雄，但不是每个人都必须选择做一个英雄。

有人梦想改变世界，另一些人只想改变自己，过属于自己的小日子，顺便看着别人改变世界，顺带手帮他们鼓掌欢呼。

这种选择，就很让人鄙夷和不屑吗？

不是所有人都必须去扮演一个“伟大”的角色，我就甘愿做一个平凡的普通人，不好吗？

5

生活中有些看似简单的选择背后，是艰难，和茫然。正所谓，用力地爱，顽强地活。

可是，牛二和二哥却看得很淡，似乎没有艰难，更不茫然。

牛二给茄子写了一封信：

关于我，你只需知道
我是一个爱着你的人

如果你可以
指鹿为马

鸡同鸭讲
画天为地
视丑为美
那你的世界会很有趣

我不会用我浅薄的学识去教育你
我不会用我匮乏的语言去引导你
我不会用我狭隘的感情去阻挠你
我不会用我得到的一切去质疑你
我不会用我失去的一切去提醒你
你的世界只属于你自己
任何时候
我都在这里
我都愿意
帮助你寻找享受快乐的勇气
陪伴你遇见不幸中的万幸

关于我，还有一点
你会知道
有一个这样爱着我的人

在做妈妈之前，牛二担心过。如果有了孩子之后，可能会发生两种情况：要么老公更爱孩子，而不爱自己，至少爱答不理；要么自己会更爱孩子，不爱他，至少也会是蜻蜓点水式的爱。

现在，她觉得父母能够给孩子最好的礼物就是：父母相爱，且一直相爱。

牛二和二哥都做到了。

6

清晨，羊咩咩咩地开始叫了，他们知道时间是凌晨五点了。

再躺一会儿，就可以直接上山干活儿了。

“我们没有觉得自己与众不同，也不需要做太多选择，兵来我们一起挡、水来我们一起掩。”

这大概就是勇敢的心，遇上了有趣的灵魂。

每个人生下来性格就是多种多样的，我们本应有不同的生活方式，可惜的是，现在都走在雷同的上下班的路上。

一次接受媒体采访时记者问了我一个问题：“小新老师，您觉得，通过阅读可以改变什么？”

我的回答是：“能够看淡更多的东西，感觉一切皆可原谅。”

记者追问：是“看清”，还是“看淡”？

我回答说：“通过阅读，人会变得更豁达，更澄明，这叫‘看淡’。”

“看淡”，未必真的“看清”了，牛二和二哥所经历的也是一次“看淡”的过程。

人生就是会经历很多的烦恼、痛苦、犹豫、两难……很多事情其实都是扑面而来的，没得选。

太多东西本就是身外之物，我们需要做的就是理解万物，过好属于自己的日子。

如此说来，一切，皆可原谅。

7

你是一个喜欢讲道理的人吗？

媒体人，常常就是一个主要靠讲道理而赚钱的评论员。工作中，我讲了无数的大道理和小道理，有道理的道理和强词夺理的道理。

生活中的我，反而很少谈道理。

我们之所以很容易对有些人指指点点或者随意评价，无非是因为还不够了解，不能感同身受。如果轮到自己身上，你或许可以讲出一百个错的理由和一百零一个对的理由。

在你需要安慰的时候，也许一个电视广告就可能安慰到你；在你焦躁烦闷的时候，也许最亲密的人对你的建议和劝慰也是无效的。

只因为，很多道理都是无理的，很多道理都是虚妄的。

所以，牛二也懒得讲道理，“讲道理”是最浪费时间的，更何况自己的选择，也未必有道理嘛。

我们过的，无非就是自己的小日子。

那就不妨过得更有趣一些，更自我一些。

第三章　生活是一个盲盒

我总是在设想，

如果没有那些痛苦和灾难，该多好

哪怕平平淡淡。

就像童话的结尾写到的那样：

灰姑娘变成了公主，和王子幸福地生活在了一起，

唱歌跳舞享受人生……

只是，

我们看到的，不会是童话。

今天风大，眼泪都吹出来了

///

1

五年前，小北的爸爸因为车祸而动了两次开颅手术，在重症监护室里重度昏迷了三十五天。那三十五天，是小北人生中最黑暗的时期。

好不容易盼到爸爸醒来，小北却陷入了更为沉重的黑暗。

小北万万没想到，爸爸失忆了，还有一系列的后遗症。

小时候爸爸把自己扛在肩上的情形，时常在小北的梦里出现，醒来的他却以泪洗面。

车祸的那天，爸爸知道当天小北就会回来过暑假，特意去市场上买儿子最喜欢吃的明虾。

没想到，手里拎着一大包明虾，人却被撞倒在了路边，肇事者逃逸了。

小北把那一大包明虾扔到了垃圾堆，还不断自责：“我为什么要喜欢吃虾呢？我为什么要暑假回家呢？”

人世间，总有一些亏欠，怎么还都还不完。

前年，阿柔被前男友卷走了一大笔钱。

男友生生从自己的生活中消失了，这本身就让人难过，更何况，他还卷走了自己的一大笔钱，这简直是对阿柔智商和情商的双重否定。

她跟主管请了长假，四处寻找前男友的踪迹，发了上千条微信消息，打了上百个电话，但始终没有得到对方的任何回应。

每晚翻来覆去睡不着，回想着那个男人说过的甜言蜜语和每一句晚安，阿柔第一次有完全崩溃的感觉。

她去前男友待过的最后一个城市，在一个不知道是哪里的十字路口放声大哭。

原本以为自己找到了避风港，却发现自己遭受的所有疾风恶浪都是这个男人带来的。

去年的最后一个月，我大学的室友“猴子”被绿了。

远在异地成都的女朋友直接说明了原因，跟他提了分手。

看到女朋友的那一长段文字，“猴子”在办公室跳了起来，跟公司裸辞，把养了一年的猫丢到了我家。

“猴子”曾经在寝室里不断吹嘘两人情比金坚，固若金汤，现在想来，他觉得自己就是个笑话。

他和女朋友是高中同学，当初共同约定好的“一辈子”，如今却没有了主语“我们”，这怎么可以呢？

以前的我们，都是不甘平庸的人，可总会有那么一个时间节点，让我们彻底接受：自己是一个平凡甚至平庸的人。

只是，谁不是一边挣扎着哭泣，一边坚强地生活呢？

活着，便有痛，也便有了那么多崩溃的瞬间。

在你觉得自己真的坚持不下去的时候，好好睡一觉，睡醒后再做决定。

2

现在的小北，还在陪着病床上的爸爸。

小北经常幻想，打个盹儿，一睁开眼睛，爸爸提着一大包虾出现在他面前：“喏，你喜欢吃的虾……”

爸爸的情况有了极大的改善，尽管还是不能说话，甚至无法睁开眼睛，但是已经能够听懂小北的话了。

那天父亲节，小北趴在爸爸的病床边：“爸，今天你过节，我小时候最怕你揍我了，你看你现在，揍不动我了吧……”

说着说着，小北就狂哭了起来，等他抬起头的时候，发现爸爸的眼角流下了泪。

小北愣神了，难道自己的爸爸是个隐形影帝，在陪自己演一出戏？

小北擦了擦爸爸的眼角，啜泣着说：“爸，不许哭，你不许哭，我也不哭，好日子在前头呢。”

人间现实的悲剧，往往比想象中更残酷。

只是，小北再也不吃虾了，一想起虾就生理性呕吐。

现在的阿柔早已从暗影中走了出来，只是从此，她不再记恨甚至不再记起那个渣男了。

如今的阿柔已经做到主管的位置，她常想，如果以后有哪个傻姑娘遇到与她类似的情况，她一定会现身说法“不吝赐教”。

下个月，阿柔就要跟当时一直安慰自己的那个男孩结婚了，最好的爱情一定不是胆战心惊，而是看到他的脸、听到他的声音你就觉得无比安定。

总有一些人走进我们的生命里，然后又离开，一来一去，不过是为了给我们一场教训。

也总有一些人，进入我们的生命里，从此再也没有离开过。

现在的“猴子”依然生活在成都，他自诩是“老婆迷”。

他说这个女人不简单，在得知得了白血病的当天晚上，就跟没事人一样，要求跟他“和平分手”。

如果“猴子”不是亲自跑到了成都，说不定他真以为自己被“绿”了，并且跟她老死不相往来。

他给我打电话：“我亲爱的小新，下个月的五号，你必须停掉所有的直播，我结婚，你必须帮我主持！”

“好好好，妙妙妙，‘猴子’的春天已来到。”

我脚下，“喵喵喵”的声音，来自“猴子”当时丢来的那只猫，长得更肥了，两只眼睛里写满了慵懒的狡猾。

有时候，“对不起”三个字的真实含义居然是——珍惜。

3

有一个视频上热搜了，看这段视频时，很多人的心里都不好受，总觉得视频里的那个人就是某一刻的自己。

那个穿着西装的小伙子喝醉了酒，趴在了南京地铁站冰凉的地上。

醉汉往往招人厌烦，可是他跟警察的对话，却让很多人心有戚戚焉。

他尽量让自己的每一个字都说清楚，尽量很有礼貌地给警察道歉："没有办法，陪客户，对不起你们了。"

警察帮他买来了水。

他的语气里充满了愧疚，懊恼地说："大家为了生活，都不容易。"

警察表示理解，他又说了一句话："没办法，真的是没办法。"

"没办法，真的是没办法"，你也会想到现实生活里的自己吗？

我们一边骂着客户龟毛，一边笑脸相迎。客户虐我千百遍，我只能待客户如初恋——没办法，真的是没办法。

我们一边忍受着单位里的琐碎，一边还要对着自己的妻儿老小温柔无比——没办法，真的是没办法。

我们一边承受着大城市里的快节奏，一边在面对别人催婚催孕的时候不敢说出那句"关你屁事"——没办法，真的是没办法。

小伙子是做销售的，为了跟客户应酬卖了命地喝酒，实在撑不住，才倒在了地铁站。

几分钟后，小伙子的妻子赶到了。

他见到妻子，说了句“宝宝，对不起”，便趴在妻子的肩上哭了。

妻子连一句责备的话都没有，而是很温柔地对他说话。

他说，觉得自己挺没用的。

妻子轻轻打了他一下，又抱了抱，动作里满是宠溺。

也许几个小时之前，他还在众人面前面带微笑地作践自己，也许第二天，谈不谈得成那单业务依然是未知数。这就是生活本身。

有一句话概括得很精准：成年人连崩溃都是懂事的。

这条视频的留言区，有一条点赞数近三万的留言：醉成这样，还对警察说“打扰你们了”，想来也是个善良的人。

4

生活中，我基本滴酒不沾。

跟同事出差，在北京地铁站里也见过一个醉吐的人。

那人一脸无奈，不好意思地抬起头，可是因为酒意，马上脑袋又耷拉下来。

一脑门的汗，不知道是醉的还是热的。

吐完后，他对着地面说："对不起，给你们添麻烦了。"

那是晚上十一点了。地铁站来来往往的人群中，有如我这般在异地出差的人，有加班到深夜晚归的人，大多带着一颗急匆匆的心。

可周围的人都慢了下来，有人给他递了一瓶水，有人给他递了纸巾，还有人去扶起了他，说："我帮您打个车吧。"

所有人的举动里，都写着一份理解，那其实也是对某一个时刻无助的自己的理解。

5

最近跟几个老同学见面，都是四十岁左右的年龄，本该"不惑"，却几乎个个迷茫，人人沮丧。

我们的父辈沉浸在广场舞中不能自拔，已然在安享晚年；我们的子女有相对优渥的物质条件，都是能够做自己的"后浪"；我们呢？

在旅游摄影圈子里有一位很有名的摄影师，也是一位大学老师，他说，每周只有两节网课的他，居然找不到自己存在的意义了。

医学博士、在我所在的城市里已经是副主任医师的老同学，他说，去年的下半年，他狂掉头发，曾经一度想换一个职业重新开始。

我大学时代主持学校活动时的女搭档，在北京的一家外企工作了九年，她说，她常常自问：还要继续过这种日日忙碌仿佛永远没有出路的高级白领的日子吗？

包括被一些人称为“男神”的我，在电台节目里抚慰人心，在电视节目里“指手画脚”，在文字里“装模作样”，却也迷茫到找不着自己的“位置”。

我们都在感慨：中年危机啊，中年危机啊……

每个人都迷茫，却也找不到合适的倾诉对象，会有人不解地问：至于吗？太矫情了吧。

电影《海边的曼彻斯特》里有一段话：

> 有时关不上冰箱的门，脚趾撞到了桌脚，临出门找不到想要的东西，突然忍不住掉泪。
>
> 你觉得小题大做，只有我自己知道为什么。

中年人的困境在于，一睁开眼睛，周围都是要依靠他的人，却找不到自己可以依靠的人。

死扛，成了唯一的选择。

哪怕真的要崩溃，都会“懂事”地挑好一个“对的”时间，偷偷躲到洗手间或者独处的房间里，等发泄完毕，便迅速整理好脸上的笑容，重新出现在别人面前。

他们说，这叫“懂事崩”。

这城市，空空荡荡；这岁月，跌跌撞撞；这人生，来来往往。

生活不易，尽力就行。

电影《大话西游》的结尾，周星驰对着孙悟空说了句“他好像一条狗啊”，年少时觉得是笑话，现在才体会到那是一个中年男人的无奈。

如果不是……谁愿意活得像一条狗啊？

如何面对一场声势浩大的失去

///

1

有一档我个人很爱的综艺节目，叫《忘不了餐厅》。节目里，黄渤带着一群因为阿尔茨海默病而开始出现记忆衰退和认知障碍的老爷爷老奶奶开了一家餐厅。

餐厅的名字就叫“忘不了”。

节目里有一位小敏爷爷，戴着黑色的镜框，像极了《飞屋环游记》里的卡尔爷爷。

热情好客的小敏爷爷表情丰富，说话音量很大，音色很亮，听上去有些搞笑。

因为餐厅开张，小敏爷爷兴奋地邀请认识了五十一年的老同事加老朋友王爷爷前往深圳，体验一下他工作的餐厅，也能了解阿尔茨海默病服务员们的工作环境。

王爷爷和爱人到了餐厅，坐在餐桌前，旁边就是忙前忙后的小敏爷爷。

王爷爷的爱人轻声说："小李子没认出来。"

王爷爷却对老朋友信心十足，他斩钉截铁地说，对方一定会认出自己，甚至，还有些赌气地说："他不主动跟我们说话，我们也不主动跟他说。"

黄渤特意让小敏爷爷去为王爷爷服务，只是，小敏爷爷依然没有认出王爷爷来。

王爷爷有些尴尬地说："还是没有认出来。"

小敏爷爷在餐厅里跑来跑去，王爷爷的目光始终落在他的身上，可是却没有得到任何来自老友的特别回应。

当得知对方是上海客人时，小敏爷爷兴奋地说："我也是上海人。"

王爷爷问了一句："你认识我吗？"

小敏爷爷有些惊到了，下意识地"啊"了一声。

王爷爷很有耐心地说："你认识我吗？你想想。你猜猜我是谁。"

"我现在不大认识了。"

"我姓王。"

"哦?!"小敏爷爷惊呼起来，"王作雨！我想起来了，老朋友！"

两个人相认，相拥而泣。

王爷爷一边接受着拥抱，一边泣不成声。

小敏爷爷说："想死我了，我想死你了，这下子认出来了。"

王爷爷说不出话来。

小敏爷爷说："这是我最好的朋友，看到你来，我高兴死了。"

可惜的是，小敏爷爷和王爷爷距离上次见面，还不到一年，可是，他已经认不出对方了。

王爷爷在接受采访时，哭得像个孩子，抽泣着说："我想他是不会忘记我的，不管怎么样都不会忘记我的……"

镜头里的小敏爷爷，却始终带着笑，他笑呵呵地说："王作雨老朋友，我想跟你做永远的好朋友，今生今世，永远不会变。"

他不记得王爷爷最近的情况，却对几十年前的过往如数家珍。

每一位失智老人都很难想象，相处了一辈子的老朋友，自己会认不出来。

剩下的日子里，总盼着能拼命记住对方，可就是做不到。

就像一幅画，褪去了颜色，擦去了线条，最后只剩下了空白的一张纸。

有人说，他们的大脑里，就好像下了一场大雪，最后是“白茫茫的一片大地真干净”。

2

自己的亲生父亲，突然有一天，用迷茫的眼神看着你，仿佛你是个突然闯入的陌生人。

是一种什么样的体验，想都不敢想。

这却是演员黄渤的亲身经历。

最初，黄渤只是觉得父亲老了、记忆力衰退了，毕竟，每个老人都有老去的那一天。

直到有一天，黄渤回家，父亲特别客气地跟他打招呼：“哎呀，快来坐，喝不喝茶？”

客气得让黄渤都感觉有点不对，母亲指着黄渤问：“老黄，这是谁啊？”

父亲搪塞道:“这我还不知道吗？”

听到父亲的回答，黄渤觉得放心一点了，没想到，父亲接下来就说:“你这很累啊，你从哪里过来？”

黄渤答:“从北京。”

母亲又问:“老黄，你跟我说，这是谁啊？”

“这还考我，这是我老战友了。”

黄渤说，那一刻，他的头发都竖起来了。他问:“爸，你跟我说，我是谁？”

父亲继续遮遮掩掩，就是不肯直面问题。

黄渤试探地问了一句:“你有没有儿子？”

父亲的回答是——“没有没有”。

那是个早晨，房间里有一点逆光，父亲的白头发显得特别耀眼。

曾经无比强壮的父亲，用从甘肃带回来的皮带打在黄渤身上，毫不留情，皮带断成了七截。

而此时此刻，这些记忆都消失了。

从最初的虽不认识但还可以交流，到后来完全没了交流的欲望，“父亲”这个角色已经只剩下了肉身。

黄渤说:“从小到大，我遇到过很多困难，有时候觉得大不了不做，有时候觉得再难我也去做，但这个事，真的没办法，我只能认命。”

说这段话的时候，黄渤一直在淌眼泪，一开始还用纸巾擦，后来干脆就任凭眼泪流下来。

他说：“回过头想，他现在如果还能打你一顿，你该有多高兴。”

舒淇问：“如果现在能回到过去，你最想跟爸爸说什么？”

黄渤回：“我没有想说什么，我想能多陪他一会儿。我们哪怕聊点闲篇，聊点笔墨纸砚，聊点油盐酱醋……”

黄渤问：“是不是自己小时候再淘气一点，让爸爸记忆再深刻一点，爸爸就不会忘记自己了。”

节目里没有给出答案。

但如果这个问题问给专业的医生，他们的回答恐怕会冷酷到极致——“不会。”

3

医生问患者：“我们这是医院，还是？”

患者回答："这里是少体校。"

"你知道成语吗，四个字的？你小学课本里就有的。"

患者干脆唱了起来："团团坐，吃果果……天一亮，起来早，做体操，身体好……吃饭吃得饱，做事要勤劳，人岁小，志气高……"

教授说："唱得蛮好的。"

患者站起来，说："教授你不要这样讲啊，你说我唱得蛮好，我要哭了。"一会儿又说："不哭，不哭，听教授的，健康长寿……"

这是纪录片《人间世 2》的第七集《往事只能回味》的开头。

上海宛平南路 600 号，是一个特殊的"老年病房"，住在这里的人，全是阿尔茨海默病患者。

拍摄组在"老年病房"蹲守了二百一十五天，以兄弟姐妹、儿女、夫妻为关系轴，记录着这个空间里的"不告而别"。

她去走廊接一杯水，回来就找不到自己的床位。

刚吃过午饭的他，脾气很差，他说自己已经两天没吃饭了。

他拿起牙膏给家人打电话。

她指着身边的儿子，得意地介绍："我这弟弟长得蛮好看的。

我生儿子的时候，他已经早就出来了。”

他把一生的照片收集起来做成了二十四本相册，并在每一张照片的背面写上字，防止自己忘掉。

十五年前，吴开兰从老伴阮怀恩的一个动作，发现了端倪。

阮怀恩刚刚烧好了一碗汤，一会儿，又烧了一碗汤，“哎呀，忘记了忘记了。”

吴开兰带着阮怀恩去医院检查，医生说这么早家属就能发现，很不容易。

虽然已经有了明显的失智症状，女儿还是坚决带着一家人去巴厘岛旅游。她说，如果这次不去，下次真的就没有机会了。

照片里的阮怀恩躺在躺椅上，手指比画了一个很酷的动作。

这组出游照片，成为一家人最宝贵的回忆。

阮怀恩患病十五年，吴开兰不离不弃地照顾了十五年。

“跟他一起做药物试验的这些人，基本上都走了。我自己也感觉到很满意了。医生也尽力了，家属也尽力了。”

为了照顾丈夫，吴开兰家里医院两头跑，人在逼上梁山的时候，不好也会好。家里没人可以顶了，就要求你自己要有一股动力。

她对女儿说："我帮你是锦上添花，我帮你爸爸是雪中送炭。"

瘫痪在床的阮怀恩，视力、听力都已经全面退化了，后来连哭都发不出声音了。

吴开兰哭着说："十六年了，如果是照顾一个孩子的话，现在都长大上学了，可他的十六年，一天不如一天，一年不如一年。"

这是莫大的失落，你日日夜夜都在陪伴他，可是他给不了你任何回馈。

就是很多人用过的词——"无望"。

在妻子的照顾下，阮怀恩又度过了一个新年。

吴开兰以前最怕过年，因为怕爱人的状况恶化，而今年女儿的宝宝出生了。"你看，今年不但没走掉人，反而还多了一个人。"

一直都很乐观的吴开兰，突然对着记者哭了。

她说："作为家属，我很感谢你们，我想将来通过你们这些渠道，这些难题会解决的。你说现在谁来关心他，都没有同感的。就指望你们向社会呼吁，因为这些人真的很可怜的。"

吴开兰是个风风火火的女人。

家里的床，她也总是铺得很平整。她将两个洗得快要褪了色的公仔放到床单上，说这就是他们两个人，其中有一个小狗的公仔，“他本来就属狗的嘛。”

2018 年 5 月 10 日，阮怀恩肺部感染，生命垂危。

医生找到了吴开兰，跟她商量：“选择不插管，就是干干净净，人看上去也好好的，是可以的。你做的决定，就是他的意愿。”

吴开兰说：“我不在乎外界对我的评论，但是我在乎自己对他的问心无愧。”

她抚着丈夫的头，掉着眼泪：“不要插管弄得这么痛苦，我也痛苦。你先去那边弄弄干净，我会去找你的。”

如同一个不会哭的婴儿的阮怀恩，嘴巴张了张，却什么都说不出来。

他仿佛听懂了妻子的话，一滴泪，从他的眼角滑落。

吴开兰做出了这个艰难的决定——放弃插管。

她帮爱人剃了胡子，说话时，一滴眼泪却始终滞留在眼袋上。

她感叹说：“每个家属都筋疲力尽了。”

吴开兰跟医生说，她最大的遗憾就是，不知道阮怀恩是否认可自己替他做出的这个选择。

医生说，她给不出答案，她也不知道，枯坐和久睡，到底应该选哪个。

5 月 29 日凌晨 2:06，阮怀恩逝世，享年七十二岁。

镜头里的医生补充了一段话，“那天不知道为什么没有说那句话，我想说，吴老师，以前一直都是你在照顾别人，下次希望你能好好照顾自己。”

4

阿尔茨海默病最典型的特征就是记忆出现问题，可是跟常见的健忘又不同。

倘若是健忘，记忆会存在脑海里，经人提醒便能回忆起来，而阿尔茨海默病的记忆是被破坏，哪怕别人提醒，也回忆不起来。

除了记忆，患者在情绪、空间定位、时间定位、计算能力方面也会出现问题。

资料显示，2018 年全世界有五千万名老人患有阿尔茨海默病，每三秒，就有一位患者产生。

中国是阿尔茨海默病的重灾区，保守估计有一千万名患者，预计到2050年，我国阿尔茨海默病患者人数将达两千七百万，阿尔茨海默病的防治刻不容缓。

早在1906年，德国神经病理学家阿洛伊斯·阿尔茨海默在尸检中首次发现痴呆患者的脑器质性的改变。这被公认为阿尔茨海默病首次被医学界发现，但迄今为止，该疾病的病因尚未被完全阐明，也没有有效的治疗方法。

专家的说法是："阿尔茨海默病的病因是不明确的，跟遗传、环境、心理等多种因素有关，因此并没有根治的特效药，预防胜于治疗。"

由于患者及家属对病情认知的局限性，67%的患者在确诊时为中重度，已错过最佳干预阶段，有过正规治疗的人数仅占5%～30%。

可是，我们连源头都不知道，何谈治疗？

2016年11月23日，受拉尼娜的影响，全国很多地方都在降温，医药界也吹来了"寒流"，著名药物巨头礼来制药投入了二十六年、三十亿美元的阿尔兹海默病新药宣告失败，但他们表示并没有放弃。

2017年2月14日，全世界的情人都在过节，默沙东官宣将终止阿尔茨海默病新药的临床实验，因为药物疗效被认定“几乎不可能得到一个积极的临床结果”。

……

阿尔茨海默病，仿佛真的成为一场没有尽头的葬礼。

也许只是一个清晨醒来，他可以说起你们之间的往事，却认不出他面前的你。那个你深爱的、曾经也深爱着你的人，就把你扔到了冷冰冰的深渊里。

而阿尔茨海默病的照顾者，也会产生消极的心理体验和生理不适，包括抑郁、紧张、社交孤立、睡眠紊乱等，多数照顾者都出现过不同程度的悲伤情绪。

阿尔茨海默病照顾者的悲伤，是近些年来越来越被重视的一种负性情绪状态。

5

我跟我妈交流这个话题的时候，我妈内心是恐惧的，大概她也害怕有一天会记不住儿子的样子。

但是，她也不知道应该如何防范，我也不知道怎么去帮助她，我只能安慰她："咱们家没有这样的基因，你身体条件很好不会发生的。"

就好像明明很担心敌人会来，但是又不知道敌人潜伏在何方，自己应该准备什么样的武器，于是只能埋头行走，并随时准备求饶。

有作家专门为失智的母亲写了本书，她说：原来所谓永远的诀别，并不是只有死亡。比死亡还要困难的，是不告而别。

《忘不了餐厅》里，舒淇安慰黄渤："最好的方法，不是来源于药，而是来源于爱。"黄渤说，他希望哪怕这个节目做完了，这个餐厅也依然在，这些爷爷奶奶依然可以在这里做店员，依然有人愿意去了解和关注这个群体。

《人间世》纪录片里，志愿者弹着吉他唱着："时光一逝永不回，往事只能回味，忆童年时竹马青梅，两小无猜日夜相随。……"跟随着这样的旋律，失智老人们也在跟着哼唱，有些歌词他们已经记不清了。

照片，是很有意义的。

我们是习惯通过照片去想起某年某月某日，我们做了什么。而想念就是一张又一张的照片，从照片的缝隙里，我们才看到些人生的端倪，甚至会茫然不知所措，那是当年的我吗？

而这些，他们统统无法感受了。

不是所有的忘记，都意味着背叛。

只是，我们还没有做好准备，去迎接亲人的忘记。

在我们周围，有太多个我和你，需要学习如何去面对一场声势浩大的失去。

我们在捉迷藏，我们在认真爱

///

1

我有个读者，是一名实习医生。

他负责的病房里有一个五十六岁的中年大叔，胃癌晚期。

他的食欲减退症状已经非常明显了，吃什么胃都不舒服，人暴瘦到了九十斤左右，全身上下一点劲都使不上。

但他每天嘴巴里哼着戏，声音不大，调子却充满了轻松。只要有他在，病房里就充满了欢笑，所有床的人，都被逗得乐呵呵的。

再一看，大叔眼睛里的红血丝更多了，所有人都知道他昨晚又没睡好。

大叔的家属拜托查房的胃肠科主任，不要告诉大叔他得的是癌症。查房时，所有的医生都遵从了家属的建议，避开“癌”那个字眼。

大叔也没有对自己的病情打破砂锅问到底的意思，一直都是天天牙齿晒太阳，继续哼着小曲。

直到有一天实习医生跟着科主任查房，刚好大叔的家属不在。

本来还在跟隔壁床的病友乐呵呵聊天的他，转过头，冲着主任招手：“陆医生，你过来一下。”

大叔用右手抓住了陆医生的手，左手拍了拍医生的手背，低声道：“嘘，从住到这个病房，我就知道自己得的什么病，但是你们也不要告诉我家里人我知道了。谢谢啊，陆医生。”

大叔学着舞台上的明星，在胸前比了一个不太标准的心。

顿时，一片安静。

病房里的其他病友，胃肠科主任和随行的医护人员，全都安静了，就像在演一幕默剧。

大叔倒又哼起了戏，眼神看过来，带着一种小挑衅。

这一次，他的声音比以前提高了很多，唱的是《智取威虎山》。

春雷一声天地动

胸有朝阳

等到那百鸡宴痛歼顽匪凯歌扬

坚决要求上战场

2

我没有崇拜的明星，但一直很喜欢演员周星驰，总觉得他的人生如同一个谜。

周星驰的背后，有一个非常重要的女人，那就是他的母亲凌宝儿。周星驰跟母亲一直非常亲密，甚至有人将周星驰迟迟未婚的原因归罪于凌宝儿。

周星驰七岁那年，凌宝儿离婚，独自带着三个孩子生活。

虽然日子过得无比辛苦，凌宝儿仍然坚持给孩子买体面的衣服，希望孩子终有一天也能够成为一个体面的人。

凌宝儿担心小儿子周星驰自闭，因为他总是不说话，只是喜欢靠在窗边看街上来往的行人。即使陪着母亲去茶楼喝茶，他也一直在观察邻桌不同的客人，好像有很多东西需要思考。

每当周星驰放学，在茶餐厅做收银员的母亲便会给他做一碗面吃。

经常能在周星驰的电影中看到吃面的镜头，是因为吃面对于童年时代的周星驰而言，就是幸福的象征。

太穷了，一家四口经常吃不起肉，每次吃饭只要有肉，凌宝儿都会把肉先分给三个孩子，自己舍不得吃。

周星驰每次都不能乖乖地吃，肉到面前了也只是咬一下就扔到地上。

更过分的是，有一次连鸡腿都被周星驰整个扔在了地上。凌宝儿忍不住打了儿子，把肉捡起来，去水龙头下冲了冲放进了嘴巴里。

很多年之后，星仔成了星爷，凌宝儿上电视直播，她也说小时候的周星驰有一点自私，倘若家里有好吃的，自己不吃也不允许别人吃。

周星驰第一次为自己的行为辩解。

他说每次看到母亲都在三姐弟吃饱后才会去捡他们吃剩下的肉渣来吃，心疼母亲，但又不知道到底该怎么做，索性把肉弄脏。

他知道，只有这样，母亲才有可能吃上肉。

说出这段真相后，母子二人抱头痛哭。

这个后来被称为华人世界里最会拍喜剧的喜剧之王，孩童时代就是表演大师，他用自己出色的演出骗过了母亲。

连续考了三年 TVB 艺员班，周星驰终于算是在演艺圈跌跌撞撞开了个头。

而凌宝儿内心深处并不支持自己的儿子走这条艰难的路。

对他们这个特殊的家庭而言，更需要的是一个顶用的男劳力，而不是一个前途渺茫的男演员。

周星驰混迹于各个片场，在宋兵甲、死尸乙的龙套里打转转，后来主持儿童节目，领着低微的薪水。

梦想跟糊口，经常是两码事。

这样的日子，持续了六年多，周星驰也几乎靠妈妈的供养生活了六年。

媒体一直都在关注周星驰和凌宝儿，却鲜少看到周星驰和父亲互动。

你回想一下，周星驰的电影里，他所饰演的大都是单亲孩子或者孤儿，很少有父母双全的人物背景。

有一年，周星驰到了宁波，那是他父亲的出生地。

他寻根问底找到了父亲的旧宅，马上打电话给人在香港的父亲，说:“爸爸，我现在在你当年住过的地方。”

《长江七号》里，父子二人在破房子里把打蟑螂当游戏的剧情，是周星驰的亲身经历，也是父亲留给小时候的他最珍贵的一段回忆。

他把这些画面拍到了电影里，让整个宇宙的人都看得到。

你会发现，不管周星驰的演艺成就有多了不起，他内心深处都是那个既孤独又敏感的小男孩。难怪影评人说，周星驰只有两个年龄，一个是五岁的小男孩，一个是一百岁的老人家。

在香港电影人将“无厘头电影”这个名号送给周星驰时，凌宝儿压根不同意这种说法。

母亲认为，“无厘头”这三个字并不能涵盖周星驰的电影，因为儿子的电影并不仅仅是搞笑那么简单，他的作品里包含了很多东西。

更多人也慢慢发现，周星驰的喜剧之所以被太多人念念不忘，是因为他总是将心碎变成艺术。

“我给你讲个笑话，你可别哭啊。”

很多年前，周星驰填写过一份档案。

其中有一项“最喜欢的地方”，周星驰填的地方是“家里”。

那个几乎在周星驰生命里缺失了的“家”，却成了他私藏的宝藏，只是，他大概也没有充分的信心，觉得自己可以拥有一个“家”。

3

朋友小 H 特别感谢她的高中班主任，那是一个看上去永远月经不调的中年女性。

同学们给她取了一个外号叫“灭绝师太”，甚至造谣说她肯定是婚姻不幸，因为她眉毛一直都是皱着的。

同学们最大的愿望就是“灭绝师太”生一次病，有人尝试把粉笔磨成面，撒在“灭绝师太”的水杯里。大家满怀期待地看着“灭绝师太”把一整杯水喝完，却发现她更加活力四射和神采飞扬，就如同五毒不侵的“大侠”。

难道“灭绝师太”真的练过可以把毒逼出体外的神功？

直到小 H 和隔壁班的男生约会，被“灭绝师太”逮到了。

自习课上，她碰了碰小 H 的胳膊，眼神示意了一下，把她叫到了操场。

“咱俩就别去办公室了，那儿还有其他老师，咱俩走走吧，我有事情跟你谈。”

小H说：“哦。”

“灭绝师太”挑了挑眉毛：“注意点影响，今天教导主任都让我去看监控认人了。”

“啊？”小H装傻充愣，本想混过这一关。

“灭绝师太”使出了绝招：“不过你眼光不错，我也觉得那小子上进，有责任心，将来会是个不错的伴侣。”

小H顿时有点蒙，就像你在深山老林中练习了十年武艺，本想在某座山上与对手决一死战，对方却突然称你为大哥，并承诺一生追随不离不弃。

紧接着，“灭绝师太”又说，自己并不赞同早恋这个说法，因为恋爱的时间没有办法说到底是早还是晚，它跟一个人的性格和情感体验都是有关系的。她也见到过有学生从学校走出去一直走到结婚的，但是更多人走着走着就散了。关键，还是要搞好学习，在没有能力为别人的人生负责时，那就先为自己的人生负责。

“送你个发卡吧，觉得很适合你。”把一个卡通发卡放到小H手里后，丢下这句话，“灭绝师太”就飘走了。

小H不记得自己是怎么回到教室的。

她觉得自己曾经鄙夷和害怕的“灭绝师太”，瞬间变身成了知心大姐，是值得被自己尊敬和爱戴的。

对于那些曾经和同学们一起进行的对“灭绝师太”的种种猜测、中伤和指指点点，她觉得无比羞愧。

教师，是很多人回头想起来都很惧怕的一个群体，当年怕挨骂，怕被责备，怕被叫家长，怕他（她）失望的眼神。

多年之后，才知道，老师的很多爱也藏起来了。

更多时候，我们用更高的道德标准要求着老师，这本身没错，但不可否认的是，教师也只是一种职业和一个谋生的手段。更多的人，成为教师，只是当时找了一份工作，而并非为了多么崇高的理想。

但，我们的习惯，被他们塑造和培养；我们的品格，被他们影响和赋予。

这本身，就很崇高了。

4

昨天晚上，我突然收到一个好久没联系的朋友的信息。

她的信息特别简单："新哥，我请教你一个问题，难道子女跟父母的结局就是渐行渐远吗？"

我没有完全理解她的意思。

她是个学艺术的女孩子，有个性，有观点，甚至在父母双双反对的情况下，在手腕上纹了一个水仙花的图案。

她的爸爸是一位画家，年轻时脾气暴躁，且对女儿管教极为严格，连女儿每天早上吃一个鸡蛋都要亲自监督完成。

正是由于彼此欠缺沟通，以及未能理解，很多人在一生中的某一个时期，感受到了来自至亲的冷漠。

起初，我以为她的那个"渐行渐远"的问题，始于她觉得父母并不理解她。

五分钟后，她发来了新的信息：

> 我爸是脑梗，做完手术后，现在重度昏迷，无法自主呼吸。医生说得很严重，每天都让我做好最坏的打算，但是我还想再坚持几天，一直坚持到机器药物都没法坚持，我就不会有那么多遗憾了。说不定，我爸会创造奇迹。现在，我能一直陪在他身边说说话，我也很开心。你知道的，以前他脾气挺暴躁的，现在想训我都训不了。

跟父母的情感，往往都是这样，捉迷藏一样的爱。

我们明明骨肉情深，却又互相不满，因为我们太了解彼此的缺点、不足和软肋，所以我们对对方的指责才会深入骨髓，让对方痛不欲生。

看过太多与父母老死不相往来的孩子，也看过太多与孩子划清界限的父母，但总能想起那么几个细节，验证着那些根深蒂固的情感。

也许，那些被藏起来的爱，才最深沉。

5

晚上九点，打车，遇上了一个女出租车司机。

“先生，我先打个电话，可以吗？”女司机的语调里多少有些怯生生。

我点点头，没说话。

她把手机调成了免提模式：“孩子……锅里有米饭，还有粥……不喜欢吃今天桌上的菜啊？等会儿，别哭……我送完这位叔叔就回家陪你……”

电话那头是个女孩，听不出来年龄，嘤嘤地哭。

“妈妈爱你，妈妈肯定爱你，妈妈一会儿就回家……我一会儿就回去……嗯，大概十一点……你困了，就先睡觉……背诵啊……你背给爸爸听，我在这边听着……”

电话那头的女孩抽泣着背：“相见时难别亦难，东风无力百花残……”

那天的风很暖，可是听到那个女孩的声音，我的胳膊上，全是因感动和感慨而起的小米粒。

只要心中有爱，人就会穿上一身坚固的铠甲。

下一次，你也要更留心，看还有哪些人在捉迷藏一样地爱着你。不要羞怯，不要吝啬，记得跟他（她）说一声“谢谢”。

如果天很冷，我们可以拥抱取暖

///

1

在山东的一所高校，我是传媒学院里的客座教授。

课间，一个女学生跟我说她将来想做记者，我问她想做记者的原因。

她说她要做架起政府和民众之间的桥梁，我说这有些太高大上了。

她又说，她想追求事件的真相，我说这没错，可是我觉得还不是你内心真实的想法。

她瞪大了双眼，问我：“小新老师，我真的可以说吗？”

我说当然可以。

女学生给我讲了小学五年级时她的经历。

有一天下课，所有人都围在她的身后笑，笑得她脊梁骨凉飕飕的。后来，有人从她身后揭下了一张纸，纸上写着“你的乳房很美”。

讲到这里，这个女学生就开始哭。

她说，更要命的是，放学后，老师把她和那个“做坏事”的男生留下来，让她打扫了班里的卫生，却让“做坏事”的男生走了。

女孩一边哭，一边对我说：

“我的老师怎么可以让那个男生就走了呢？”

“我的老师觉得这就是一个恶作剧！”

“从此，我再也不信任任何一个老师了！”

最近两年，“校园霸凌”这个词很火。

事实上，校园霸凌，未必表现在显性的暴力上。一个学生与他（她）的同伴较为不同，那么他（她）就容易成为被攻击的目标。这个不同，可能体现在沉默、家境、第二性征、性格、声音等方面。

孩子，为什么会有暴力？

我还听过一个编辑朋友的讲述。

有一位朋友的孩子上小学四年级，在班里学习成绩不好。

因为一次校内测评里给班主任打了低分，班主任老师号召全班的同学不跟他玩，要孤立这个孩子。

本来被“暴力”伤害的孩子，有一天突然恶狠狠地说：“我今天晚上就得收拾那个一年级的小屁孩。”

当孩子内心积累太多的愤怒时，一种是向内攻击，表现为自残自杀；一种是向外攻击，表现为欺凌弱小，包括虐狗虐猫，包括成人后的打爱人和打孩子。

这，应该也是暴力的源头之一。

2

几年前，参加了节目组组织的年底聚会。

一个孔武有力的记者喝多了，冲着我直愣愣地走过来，一把揽过我的肩：“新哥，我给你说个故事吧。”

“好啊。”

十二岁那年的他，还是一个粉嫩粉嫩的五年级学生。

有一天，他走在放学的路上，突然被一伙坏孩子堵着了路。“坏孩子们”把他拖到了河边，把书包挂在他的脖子上，又让他把胳膊向后伸，取了个名字叫“白鹤亮翅”，之后又把他拖到了水龙头底下，用凉水冲他的脑袋。

那是一个秋天的傍晚，那一刻，他说他觉得连脑浆都被冻住了。结束这一切的时候，他觉得自己的眼珠子都不会动了，两只眼睛通红通红的。

回到家之后，爸爸看到儿子通红的眼睛和脸上的淤青，问他怎么回事。他扭头进了自己的房间：“踢球不小心摔倒了。”

后来，他给我们讲述这段往事的时候，说了一句：“哪怕我爸爸再追问我一句我可能都会说实话，然后让我爸帮我报仇。哪怕报不了仇，我心里也不会那么苦了。”

“因为那一刻，我孤立无援。”他突然抓住我的手，眼睛里全是泪。

十二岁的他，有些晚熟，对男孩子们无形中形成的小帮派无感，但他却在辗转难眠之后，立志将来要做一名记者。至少可以听孤立无援的人说一句话，他认为这是记者的价值。

二十年后的他，是一个非常优秀的调查记者。

二十年后，想起来，他的心依然很痛。

他讲完这个故事之后，我们就基本上处于无联系的状态。

但我猜想，他会看到这篇文章。我特别感激——在一个聚会上他告诉我的这个故事，这是一个外表粗犷豪放的男人对校园霸凌的最深刻的体会。

3

有一个身体很孱弱的男生小 A，十四岁，上初中二年级。

班里有几个小痞子一样的男生趁着小 A 午休时，偷偷在这个很老实内向的男孩的杯子里投下了一颗春药。

小 A 满脸通红，一直趴在桌子上，其他同学都以为他发烧生病了。

下课后，老师热心询问小 A 是否需要去看医生时，那几个男生发出了阴阳怪气的嘲笑声。

下课铃声响起，几个男生大笑着冲出教室，无上光荣似的满世界嚷着他们的恶行，隔壁班，以及隔壁班的隔壁班，所有人都知道了这件事。

第二天，小 A 来到学校后，所有人都围在他身边，问他：“春药是什么味道？吃春药真的会晕吗，还是……”

没过多久，小 A 转学了。

后来，他没有再跟这个学校中的任何一个人有过联络。

在网上，我还看过一段视频。

一个初三的男生，被打上了马赛克。他说自己初一时常常被高年级的学生拉到厕所脱裤子、勒索钱财，而在整个过程中从未有人对自己伸出过援手，甚至还有很多人围观起哄。

当时沉默甚至起哄的人，都成了校园霸凌无形的帮凶。

为平心中不忿，他在升到初三后也毅然决然地成为一名“欺凌者”。

施暴，成为受害的结果。

施暴，成为夸耀的资本。

日剧《人间失格：假如我死的话》，讲述了一个关于欺凌与被欺凌的故事。

转学生诚因在一次欺凌事件中帮助了被欺凌的武藤而被当作了新的欺凌对象，欺凌行为不断升级，当初被欺凌的武藤反而成为带头欺凌诚的人。

在向老师、家人、朋友寻求帮助都无果和无望的情况下，诚最终选择了自杀。

来到这个世界上，对不起。

如何让疼痛再次被成年人回忆起，而不被理解为无病呻吟或者无理取闹，这是青春电影要跨越的永恒的障碍。

4

如果我们低估了孩子世界可能存在的残酷性，也就低估了被霸凌者的绝望。

你家的孩子被欺负了，被霸凌了，家长们最不应该问的就是：

“苍蝇不叮无缝的蛋，一个巴掌拍不响，为什么打你而不打别人？”

“你为什么不打回去，你是窝囊废吗？”

“惹不起躲得起呀。”

“你怎么这么没用呢？”

“你自己解决一下，我忙着呢。”

……

很多人都是在“受害者理论”的扭曲价值观下长大的。

即“一个巴掌拍不响”“人家打你肯定是因为你也有问题”“苍蝇不叮无缝的蛋”“东西被偷是自己没有安全意识”……

巴掌没有打在你脸上的时候，你永远都觉得是正常的，甚至是正确的。

错的不是加害者，而是受害者，这太荒谬了。

现实生活中，总有人低估了孩子的恶，也高估了孩子的心理承受能力。

成年之后的我们会特别不理解孩子们的脆弱，甚至叫嚣“屁大点的事”，也会试图用数据来呈现当下未成年人的心理健康问题。

那个弱小的生命，多么多么希望能够有一个哪怕陌生人，对他（她）说一句：“别怕，还有我。”

我很想问问这些围观者和指责者：“真要回到过去，你确定你会比这些孩子更勇敢吗？”

5

美国纽约洛克菲勒大学研究人员们对老鼠做过关于霸凌的实验。

遭受过霸凌的老鼠，脑部掌管情绪的部位会改变，容易对压力产生敏感，长期下来会出现“社交障碍”，恐惧任何新环境，即便是安全的环境，老鼠还是会害怕结交新的“朋友”。

老鼠对压力的反应，通常与人类具有很高的相似度。

人与人的信任，构建起来很简单，摧毁起来，却更简单。

当孤立、歧视、辱骂、挨打、被恶作剧成为被认定的常态，当身处困境却并不知道可以寻求谁的帮助时，这才是真的绝望。

老舍说:“我想写一出最悲的悲剧，里面充满了无耻的笑声。”

校园霸凌，不该只被解释为一个“开过分了的玩笑”。

每个孩子的内心，都是一个谜。

小孩子纯粹，他们善得纯粹，自然也恶得纯粹。

欺负别人的理由太简单了：他是个侏儒，她长得又胖又丑，他在老师面前的样子真恶心，她喜欢打小报告，他爸妈离婚了，她穿的裙子太显眼，他成绩比我好，她看起来真笨，他跑步又慢又可笑，她一天到晚总生病……

但，“熊孩子”不会无故养成，每一个“熊孩子”的背后，一定是家庭教育、学校教育或者社会教育出了问题。

期待孩子们的周围，不会有随时引爆的炸弹。

6

很有名的心理学家李松蔚曾经举过一个案例。

那是在他刚开始做咨询的时候，第一次接触有童年创伤的来访者，是一个男生，从小被他酗酒的父亲虐待。

李松蔚试图用心理学的方法帮助他。

他冷笑："我被他毒打的时候，心理学在哪里？"

李松蔚解释道："那是你爸爸的错，不是你的错。"

男生反问："你们就让这样的人做父亲？"

李松蔚先是愣了一下，之后回答："不是谁让他做了父亲。那是他的决定，他想做就可以做。"

李松蔚没有想到的是，那个男生说了一句话之后便哭了。

男生说的话是："做父母不用考试什么的吗？"

李松蔚觉得面前的男生实在是任性，他的愤怒分明就是指错了方向。

后来，李松蔚重复着跟男生讲了很多常识：我们通常无法通过一场考试来决定一个人到底适不适合做父母亲，更何况，这是法律赋予他们的权利。是的，我们从来都不需要争取子女的同意，便做了他们的父母。

但男生的愤怒并没有因此而停止，反而越积攒越多。

过了几年，李松蔚才理解，当年这个男生的愤怒背后，到底藏了什么。

男生真正想表达的痛苦是：这个世界上的每个人，都只能对他的痛苦袖手旁观，他们怜惜地说："你真不幸，遇到了这种人，但这是没办法的。"

“我父亲是一个酒鬼、恶棍，然后呢？没有人拿这个酒鬼有办法吗？”

对一个孩子而言，这样的问句，到底有多么沉重，有多少人切身体会过？

每个身心健康的成年人，你、我、他，为了这句话，都应当承担一份愧疚。

在这里，愧疚，是一个人应有的慈悲之心。

在这里，愧疚，是人性。

7

总有人去劝慰那些受害者，得饶人处且饶人，宽恕那些曾经伤害过他们的人，他们才能收获新的人生。

曾深深伤害过你的人，你会原谅吗？

至少我做不到。

我可以不报复你，也可以无视你，但是我永远不会原谅你。因为我身体内的每一滴血，都是温热的。

《奇葩说》的节目里，马东说，随着时间的流逝，我们终究会原谅那些曾经伤害过我们的人。

蔡康永这个一直被认为是无比温柔的绅士，马上指出了马东观点里的漏洞，他说：

“那不是原谅，是算了。”

校园霸凌事件发生时，事件的有效预防、事件发生时及时妥善的处理、事件发生后的惩戒和科学教育，这三者缺一不可。

教育，不管是在学校，还是在家庭，应该保证有尊严、有温度、有质感。

我想对那些被欺凌过的孩子说：

对那些恶意，无论你是否原谅，任何人都没有资格去评判。你选择原谅也好，选择不原谅也好，都是该被百分百支持和尊重的决定。

如果你也曾经是个被欺负的孩子，我很想抱住当年那个内向腼腆却遭遇着本不该承受伤害的你，轻声对你说：“错的不是你，别怕。”

谈乐观主义的罗伯特·怀特曾说过：

> 任何时候，一个人都不应该做自己情绪的奴隶，不应该使一切行动都受制于自己的情绪，而应该反过来控制情绪。无论境况多么糟糕，你都应该去努力支配你的

环境，把自己从黑暗中拯救出来。

只是对于年龄尚幼、不知世事深浅的孩子而言，拯救自己太难了。

好吧，孩子。

虽然，我不相信霸凌事件会消失，就像我不相信犯罪会消失，只要人类还是人类，这一切都还会发生。

但，如果天很冷，期待我们可以拥抱取暖。

第四章　这个世界的偏见

这个世界，

无时无刻不存在着偏见。

不管是咒骂还是哭泣，往往都很无力。

面对偏见，

最好的方法便是——

成为更好的自己。

你，被偏见过吗

///

1

选题会上，同事们在讨论一个选题——电梯里十五秒的广告画面中，出现了一对情侣和某品牌的避孕套产品。

居民周阿姨说:“我个人难以接受公众场合播放这样的广告，毕竟我们这里有很多小孩子，我觉得不太雅，看到这样的画面有些不好。”

居民刘女士说:“大多数家庭尤其是有女孩子的家庭在这个话题上的教育偏向保守，广告宣传应该要注意内容和场合。”

某领导也跟我说:“这样的选题很下流，放弃吧。”

之后，类似的选题就消失在我的节目里。

我很郁闷，我恰恰觉得这是太重要的、可以向孩子普及生命是什么和进行性教育的机会了，却这样被我们自己PASS掉了。

你看，我们依然停留在几十年前的认知里：小孩子问这个干吗？长大了，自然就知道了。

我们很习惯用一句“不利于未成年人的身心发展”来涵盖所有你不接受的领域，只是，“不利于”这三个字，是专家的分析，还是你自己的判断？

英国的自然历史博物馆，有一个专门的展厅讲人身体的秘密，大大方方地科普，没有人因此而脸红心跳脖子粗。

一边，很多中国家长都在追捧日本超温情动画《生命的诞生物语》解说精子和卵子结晶的过程；一边，我们依然困窘于如何给孩子解释“爸爸妈妈，什么是安全套”这个基本问题。

性本身，不低俗，相反，性，可以带来生命。

低俗的，永远都是带有偏见的眼光。

2

在体育学院里，身体并不强壮的大黄显然有些另类。

这个“老干部男孩”穿着黑上衣、牛仔裤、白鞋，戴着金丝框眼镜，抱着笔记本电脑，不时低头看一眼手机，不显山不露水的样子。

“我是一个大四的学生，学的是体育管理，也是学生会干部，还有什么要问的？我家到了。”

大黄的家里很整洁，虽然他提前给记者打了预防针——“等一下，我家很乱的，我先去收拾一下。”

二十二岁、平时有点宅的大黄，喜欢看书和唱歌。

“知道阎维文、刘和刚、王宏伟吗？他们都是我小时候最喜欢的歌手，我学会的第一首歌是抗洪歌曲《为了谁》”

大黄枕边的书，是《百年孤独》《人性的弱点》和《时间简史》。

让人意想不到的是，在枕头下面，是大黄私藏的一些“美好的杂志”。

一大摞跟女团有关的杂志和女团发的专辑，这些都是他的宝贝。

大黄自己也很纠结，因为从外表上看，他是个比较古板的人，成长环境和穿衣打扮比其他同龄人保守，他并不想让别人知道自己是个女团控。

“韩国女团给人的刻板印象是性感路线，周围的朋友知道后，心里会觉得我很猥琐吧。”

说起来，爱美和阴柔只是人的社会属性，可以不分性别。一个人去选择自己的属性，去选择自己的需要，并非一件错事。

但毕竟，这个社会对男性的标签是非常鲜明的，社会对成熟男性的期待是克制、内敛、不夸张。

如果有一个成年男子在一个女团表演的场合呐喊助威，会有人联想到“不正经”“流氓”之类的，甚至会喊——“请滚到足球场，那才是你应该待的地方！”

大黄的电脑里也储存了不少他喜欢的女团在不同节目里表演的视频片段。

爸爸看到后，吹胡子瞪眼，问他：“这也是音乐？你为什么喜欢听这些东西？”

大黄妈妈让他放下电脑，去交一个真正的女朋友。

妈妈当时用了一个词——“搞对象”。

此前，大黄一直住在寝室里，但多有不便，他不能把喜欢的偶像的抱枕正大光明地抱回寝室，不能自由自在地穿应援的服装，更难找到别的同龄男生和他一起去看女团的演唱会。

我主持过女团的见面会，如果见到男性粉丝，往往还会调侃两句，还会洋洋自得，你看我这观察能力，你看我这么有梗。

这，不过也是一种偏见。

大黄说："喜好本身没有对错啊，还是一个人生活自由一些，不会有人时刻评判你。"

大晚上，他跑到楼下偷偷学女团的舞，被保安大叔看见了，这是他和保安大叔之间的秘密。

后来，为了避免别人的闲言碎语，他干脆搬出来一个人住。

"现在的梦想是存够钱，偷偷去一次韩国，如果能够刚好偶遇自己的偶像，就满足了。"

社会学家李银河在《星空演讲》里，讨论过性别的刻板印象。

这些刻板印象往往都是人们不经意表现出来的，甚至是发自骨子里的偏见。

我们通常认为女性更富于感性，而男性则更加理性；

认为女性更加接近自然，男性更接近文化；

认为女性更多的应该从事养育、教育类的职业，男性则更多的从事竞争性的职业；

认为女性应该是从属和服从的地位，男性应该占据领导和主导地位；

认为女性不应该抛头露面，而应该存在于私人领域，男性应该在外面打拼，全职奶爸则被认为是异类、无能甚至是吃软饭的。

李银河老师说：

> 不要按照那一套僵硬的性别刻板印象去约束、去规训或者去塑造自己的个性和人生。希望每一个人都能坦然地接纳自己的本性，自己的性格特征，坦然地做自己，让自己活得自由，活得舒畅，就按照自己的本来面貌自由自在、随心所欲地度过一生。

畅销小说《杀死一只知更鸟》里说：要真正了解一个人，你就必须站在对方的角度去想问题。你必须钻进他的身体里面，用他的身体走路，用他的语气说话，用他的表情去表达喜怒哀乐，甚至你要变成他。

3

我父母这一代人，特别钟爱情感调解和情感援助类节目。

这类节目曾经因为充斥着大量的素人演员而饱受争议，但如果真的愿意将自己的生活或情感状态赤裸裸地呈现在舞台上，那也真的是一种勇气。

有一档节目里，就出现了一个特殊的告白者——二十多岁的小伙儿柱子，他要告白的对象是六十多岁的老芹。

是的，老芹的年龄比柱子的父母还要大。

柱子有过两段失败的恋爱，第一段是和年纪相仿的女生，谈婚论嫁时对方要一百万元的彩礼，最终不欢而散；第二段是比他大十岁的成熟女性，但交往中对方不断撒谎，最终两个人分道扬镳。

伤痕累累的柱子酒后到河边寻死，刚巧芹大妈路过，安慰并开导他。

没想到的是，两个人越聊越投机，柱子坦言已经爱上了对方，且无法自拔。

老芹吓坏了，向柱子坦白了自己的身世，她说自己不过是一个离婚了十五年的六十五岁"老"阿姨。

柱子执意要跟老芹"在一起"，这带给老芹巨大的心理压力，老芹曾经三次离家出走。

就在两个人拍完婚纱照的第二天，老芹第四次离家出走了，她知道自己的身体不好，也不能为对方生儿育女，站在她的角度，哪怕两个人之间有感情，那也不应该是爱情。

更何况，她从来都不想伤害和亏待柱子。

但老芹也曾经私下问了节目编导一个问题：“我这个年龄了，还能不能做试管婴儿？”

在无可逃避的衰老、孤独甚至是死亡面前，每个人都想抓住爱。

节目现场，主持人和嘉宾说了很多现实的问题——

有嘉宾说，柱子要的只是安全感，不是真正的爱情。

有嘉宾说，一段情感里，得到的哪怕只是安全感和恩义，谁又能否认这不是一份爱情呢？

节目最后，主持人问柱子：“你的爱可以保持多久？”

柱子说：“无论告白成不成功，她的余生我都会陪伴着，免她惊，免她伤，免她颠沛流离。”

他为老芹准备了僻静的住所，装上了空调，还有个小院儿，可以种水果种花草种蔬菜。

柱子有点激动，他说：“我们不喝别人一口水，不吃别人一粒米，别人有别人的生活，我们有我们自己的生活，日子是我们自己过的，不要活在别人的世界里。”

他用自己对爱情的理解，试图抵抗这个世界的“偏见”。

老芹最终依然没有过得了心里那个坎儿，她对柱子的承诺是走一步看一步。

执拗的柱子牵着老芹的手，离开了舞台。

为了跟老芹看上去更般配，二十八岁的柱子染了白头发，爱得笨拙又真诚。

愿那份笨拙的爱意，最终能走成风雨同舟的默契。

在爱情里，外人的批评或支持，都可能构成冒犯。

既然他们选择了，那就真心祝福，这可能才是最正确的姿态。

4

有几个人不是一路被偏见着的呢？

出生在富裕家庭里的孩子，倘若成功了，会有人说，“如果换成是我成长在那样的家庭里，我也会成功啊”；倘若不成功了，又会有人说，“富不过三代，从小就娇生惯养，长大了怎么可能有出息？”

美国心理学家乔治·凯利曾提出过“个人构念”的理论，即每个人都是由自己过往的见识、期望、评价、思维等形成观念，此后按照自己的这套观念模型来理解和预测周围的世界。

偏见不仅来源于陌生人的未知，也同样存在于熟人的潜意识之中。

太多人都想摘掉头顶被人扣上的那顶偏见的帽子，包括一直在坚持写作的我。

很多有过一面之缘但并不相熟的人，会觉得我写作是为了“虚名”，有人私下问我：“找枪手写书贵吗？你书里的内容都是啥，节目文稿吗？”

还有人直接评价，有啥好看的，不过鸡汤书而已。

你看，他们连翻一下我的书都没有，就开始了自己的评论。

好吧，我，小新，真的是一个字一个字敲完了我的每一本书。

我曾经连着写了三本故事书，刻意忽略所谓的鸡汤或者金句，在形容词的使用上都很克制。

就像有读者说的：标签是给物品准备的，我们不是物品，我们是人。

每个人，都不同。

每个人都活得千疮百孔

///

1

有一部韩国电影叫《酒神小姐》。

女主角叫梁美淑，真的是一个站街小姐，只是已经到了该做奶奶的年纪了，没有养老金也没有子女赡养，便只能凭借过硬的“技术”，通过向老年男性提供性服务而勉强维生。

可是她意外地收养了一个暂时没人抚养的小男孩民浩，并且将他带到了自己的住所。

平时她吃得很简单，但为了这个陌生的小男孩，却尽可能将饭菜做得可口而丰盛。

不提供性服务，便没有钱谋生，美淑奶奶只能在“工作”的时候将男孩托付给同住的小伙子道勋。

这个“住所”也是集合了所有的卑微：

房东是变性人蒂娜，同为租客的还有断了一条腿的道勋，他调侃说自己的女朋友是“手指姑娘”。

一个老，一个小，一个变，一个残，他们是被人不屑的，甚至是完全可以被忽略的社会人里的大“分母”。

他们对人生有欲望却失去了希望，对生活有情感却失去了寄托，这就是真实的社会。

可同时，他们也在过着自己的小日子。质朴的笑声，时常从他们当中传出来。

彼此照应却也用俏皮话寻开心，有好吃的一起分享，还会一起去郊游坐旋转木马，什么好人坏人，什么正常人变性人，他们就是老中小的一家人。

美淑奶奶寻找客户的开场白是：“要不要和我谈个恋爱啊？”

那些听到这样开场白的男性，忍不住吓了一大跳。

老年性交易的话题，是犯忌讳的，特别是在保守内敛的亚洲文化氛围里，莫说老年人性交易，就连老年人还有没有性生活，还能不能有性生活，都是很多人自动回避掉的话题。

老年人谈性，这不是老不正经是什么？

还有那句被说滥了的话——婊子无情、戏子无义，美淑奶奶着实放飞了自我。

她默默地去看望当年对自己出手阔绰现如今却只能瘫痪在床上的“老朋友”零钱宋。

比起老人冷漠的家人，美淑奶奶的到来给他带来了很大的慰藉。零钱宋说自己生不如死，想了结生命，求美淑奶奶帮忙。

给老人灌药的美淑奶奶全身一直在抖，双手紧握了装着杀虫剂的瓶子，却扭过头去不敢看。

美淑奶奶成功地帮零钱宋满足了“愿望”。

奇怪的是，这样的事有了开始，就接二连三地来。

一些无法面对老年痴呆，或是孤独终老的老人纷纷找上美淑奶奶，让她帮助自己结束痛苦。

过去爱讲荤段子的庆秀得了阿尔茨海默病，前一分钟刚吃了药却完全不记得，又要再吃一次。他想趁着自己没有彻底糊涂，求一个了断。

三个老人扮成了郊游的样子，爬到了山顶——看，年龄大了，求死都很吃力。

这一次，美淑奶奶又成功了。

直到第三次。

美淑奶奶被监控摄像头拍到“罪行”，电视新闻也播出了相关画面。

他们给出的结论是美淑奶奶“谋财害命”，当找不到证据时，大众最能理解的便理所当然地成了“真实”的证据。

2

那是一个极冷的夜晚。

风情万种的变性人房东蒂娜在台上为客人（其中有小男孩、美淑奶奶和道勋）表演了《Quizas，Quizas，Quizas》。

就在蒂娜忘情表演的时候，面无表情的警察走进了会所带走了美淑奶奶，而美淑奶奶连一个解释都没有给就跟着警察走了。

这首歌王家卫在电影里用过：“如果多一张船票，你会跟我一起走吗？”

换到电影里：“如果重来一次，你还会让自己的朋友去死吗？”

美淑奶奶的答案是——“会。”

“quizas”的意思是“或许”。

或许冬天很快就会过去，或许下一程的相遇就不会如此无厘头，或许地位卑微的人也能拥有高尚的灵魂就不只是一个说辞。

每一个我们心里的或许，都是一个未竟的愿望。

美淑奶奶从来都没有犯罪，反而一直在“帮助”别人，从她的内心，到被她“帮助”过的人，都这么认为。

她坐在警察车上，虽明知不可能，却依然抽着烟问了一个问题：“我怕冷，能不能春天再去坐牢，我不逃。”

镜头里，她身旁的年轻警察递来了鄙夷的白眼。

站在高高在上的角度，站在一个旁观者的角度，他永远不会知道这个老人内心的情意结和意难平。

北野武说：“人这种东西啊，不管外表修饰得多么光鲜亮丽，剥掉一层皮后就只剩下了一堆欲望。”

什么是人，欲望满身的动物罢了。

说出来也可笑，睡成了朋友，你觉得讽刺，还是不可思议？

分明就是欲望，分明就是谋财害命，分明就是蛀虫一样的老妓女盯上了有钱的老男人。

这不是犯罪，那你告诉我什么是犯罪？

呵呵。

是的，没有人会去关心真正的内情。

3

冬天的马路上，人影稀疏，两个乞丐相遇。

一个手里拿着刚刚讨来的粥食，另外一个两手空空，手里捧着粥食的乞丐将食物分出一半给了对方。

以己渡人，这就是美淑奶奶的人生。

最初很多人不懂为什么叫《酒神小姐》。

“酒神”，又称狂欢或放荡之神，在古希腊神话中，酒神狄俄尼索斯是一名乐于布施欢乐，慈爱，极有感召力的神。

也有人说，“酒神”的寓意是“痛苦与狂欢交织的癫狂精神”，而在电影里，狂欢的也似乎并非老年人的欲望，但与衰老和死亡的来临相关的痛苦，却那么真实和明显。

这部电影的韩语片名《죽여주는 여자》，如果直译应为《杀人的女子》，但更多的翻译小组依然执迷地采用《酒神小姐》这个名字，而在香港地区则被翻译为《神女观音》。

电影被贴了很多耸动的标签——“老年妓女”“临终关怀”“混血之殇”“十八岁以下禁看”等。

我并不觉得这部电影的实质，是在讨论老年人的性需求或者一个老年性服务工作者的结局，反而面对的是我们每一个人，甚至是每一个人所遭遇的平常。

衰老、死亡，迟早有一天我们都会面对。

美淑奶奶的一位“老朋友”得了阿尔茨海默病，他不无沮丧地说：“我们怎么一下子就老了呢？”

4

有一个电视台的同事小段，愁眉苦脸地找到我，说需要我的帮助。

小段亲戚的女儿得了白血病，家里实在太困难了，需要一笔救命钱，希望我所在的新闻节目可以报道，帮忙募款。

“孩子的父母都是农村人，家里的房子刚卖，实在没有余出来的钱了，这不就想看看新哥能不能帮忙找一位记者去看看。”

又是白血病，又是募款，又是电视节目报道，我跟小段表达了自己深深的无力感。

电视节目的影响力逐渐式微，通过新闻节目筹款的效果越来越差，我和我的记者同事们做着一次又一次的无用功，甚至愧疚浪费了患者家属的时间。

当我说出这些时，小段的眼睛里涂满了迷茫的灰色。

“小段，你也做咱们这行的，你知道吗，光是我们一个节目的热线，每天收到的各种求捐款的信息就得几十条。实在不是我和记者冷血，而是因为如果单单是穷，我们很难找到一个合适的角度去报道的。”

“小段，要不然我出个点子，你让孩子的爸爸穿一个米老鼠的衣服，咱们做点文章，争取更多人看到。”

“如果电视上播出后，没有捐款人，我怕患者和家属也会心凉。”

……

最近几年，全国几乎所有的电视台都不好过，收视率的巨大压力，广告创收的断崖式下滑，电视人纷纷出走，不出走的也觉得前路渺茫。

曾经一个捐款的片子能够获得上百万元的捐助，可现在更多时候的捐款数字才几千块钱，哪怕记者用了最平实却也最动人的描述性语言，主持人落了一箩筐的眼泪。

最终，小段的亲戚并没有穿米老鼠的衣服博眼球，我们的记者也没能去记录那一家人的愁苦。

抽了一个傍晚的时间，又是下了直播之后，我去了那个孩子的病房，塞了两千元钱给她的父亲。

没过几分钟，我收到了小段的微信："哥，谢谢您。"

看着那几个字，我没有一丝的放松，而是感觉自己的心脏被一只巨大的手攥了起来，可是又不知道该怎么办，能怎么办。

电视剧《安家》里，房似锦有一句台词："每条光鲜的裙子背后，都有一个不经意被钩破的洞。"

5

电影《酒神小姐》里有一个细节，美淑奶奶进了一家寺庙，把"老朋友"留给她的钱大部分都投到了功德箱里。

她知道自己触犯了法律，却又不能眼看着求助人"坠亡"下去，只好向神灵求得救赎。

当然前提是，这真的是一场犯罪。

众生有相，而神在高处。

神度人，可惜的是，没有人见过神。

佛家有道：“大悲为上首，布善不拘形。”

我们的心，是无底洞

///

1

我看过一本在国内并不畅销的童书《金鱼男孩》，这本书在英国水石书店畅销图书榜上成绩不错。

书的主角是一个十二岁的男孩马修。

马修是一个让人愁坏了的青春期里的男孩，他得了严重的强迫症，最终到了无法上学的地步。

他拒绝一切社交活动，排斥父母的接近和关心。他每天的生活，就是趴在窗户旁边，看窗外邻居们的生活，以及不断洗手。

他无法接受父母进自己的卧室，唯一的倾诉对象就是墙壁上画里的一头狮子。

邻居和马修的同学都觉得他是个不折不扣的怪人，而父母看着他那双洗得脱皮开裂的手，也只能摇头和偷偷掉眼泪。

马修将自己包裹成了一个谜。

没有人能够走进他的内心，也就自然没有人能够读懂他的恐惧和愧疚。

我们似乎都能听到周围人的指指点点：这可真是个怪咖啊！他的脑袋里到底在想些什么啊？难道他生下来就是为了折磨他的父母吗？

当秘密被揭开的时候，所有的人都抛弃了自己之前的执念——

这哪里是一个怪孩子啊，这简直就是个好孩子的典范。

很多年前，妈妈要给小马修生一个弟弟或者妹妹。

临产前，小马修得了水痘，不小心把呕吐物喷到了母亲的身上。

之后，弟弟出生，却又突然离世。

年龄尚小且没有任何医学常识的马修，主动对号入座，认为弟弟的死和自己的呕吐物有关。他认为自己是个不干净的人。他将自己隔离，并不断洗手，无非是想让自己离细菌更远一点。

他不想再“害”自己的爸爸妈妈，更想以让自己以更健康的方式来冲抵害死弟弟的罪恶。

在心理医生的帮助和鼓励下，一个阳光明媚的日子，马修向父母坦承了自己的心结。

而“金鱼男孩”脑袋上的鱼缸也终于被打开了。

每个人的心里都有一个脏衣篓，里面装着我们的怯懦、不堪和不甘，连最亲密的人，我们都不容许他们窥见我们的心底。

这似乎也是人之所以为人的最起码的自尊。

2

我有一个律师朋友，是个标准的“铁娘子”，在行业赫赫有名。

一个深夜，我俩聊天，她给我讲起自己内心的挣扎。

她是个不擅长干家务的人，从小就这样，她觉得做饭、洗碗、收拾碗筷对她来说，是一件比登天还难的任务。

但她还是会强迫自己做家务，否则总感觉自己是欠了别人的债。

前天晚上，在洗碗的时候，她又一次打碎了一只碗。

老公关爱地跑进厨房，抓起她的手，“老婆，没事吧？”

女儿也赶紧找来了创可贴，而事实上，她的手并没有破，只是打碎了一只碗而已。

谁都没有怪她，但她却无比自责：我怎么还会犯这种低级的错误；我怎么那么没用，这点小事都做不好；我怎么老是这样？

就是在那一刻，她仿佛顿悟了。

她才意识到自己内心的慌乱和挣扎：内心不时出现的责怪声，就是小时候妈妈对她讲话的声音。

那语气里，充满了嫌弃和鄙夷。

那个声音不仅出现在她搞砸事情的时候，连她取得了不错的成绩想要犒赏一下自己的时候，那个声音，都在催促她，让她不敢放松。

她当年想从文学院的本科生考法学硕士的时候，妈妈的原话是：“毕业了不好好找份稳定工作，考什么研究生？一个女孩子找个人结婚才是正经事。”

几乎每天她妈妈传递给她的信息都是——你的目标定得太高了，不可能实现的，家里所有人都不支持你的决定。

她无数次提醒自己调整好心态，却还是控制不住在深夜躲起来痛哭。

她变得很沉默，想通过自己的努力向所有人证明自己，包括她的妈妈。

后来，她考上了研究生，她妈妈却说：“咱们周围你这个年龄的人，都做妈妈了，你还在上学。”

她成了律师，她妈妈说：“每天那么忙，压根就没有时间去生活嘛。”

她成了妈妈，她妈妈说：“我年龄大了，可帮不了你看孩子，你自己想办法去吧。”

她说，自己就是在无止境的否定中撑下来的，而否定竟来自她的妈妈。

所有人看到的都是她的一身职业装，看到她在法庭上的滔滔不绝，却没有看到她的心被黑暗一点点吞噬，甚至会被吸到黑洞里。

我们的心是一个巨大的无底洞，别人看不穿，才是最大的真理。

从人的心理发展来看，人在出生后的一两岁内主要发展的是行为能力和言语能力，其间的行为大多是自发的，并在大人的奖赏或惩罚中得到鼓励或抑制。但是，人从三岁起就开始出现一种认同，即不自觉地模仿身边的大人，将他看到的大人的种种行为复制出来，并逐渐变为自己的行为方式，比如照顾小娃娃、模拟大人的说话口气等。这时的行为模仿犹如在一张白纸上画出的最初印迹，深刻而难以抹去。

父母或其他抚养人是否具有同情心，是否乐于助人，是否坚持原则，是否自信，是否具有良好的品德，甚至他们喜欢看的电视节目，都会决定孩子未来的人格发展方向与道德水准。

这种最初的印迹往往伴随一个人终生。所以，从一个成人的行为举止可以看出他父母的影子。

原生家庭带给一个人的创伤，到底能够修复多少，不同的心理专家有他们的解释和逻辑。

原生家庭，就是一个人出生和成长的家庭，它对一个人的重要意义在于：它的影响伴随人的一生，同时，人终究要离开原生家庭，进入真实世界。

近些年，心理专家武志红做了太多类似的讲座，讲述他自己所遭受的来自原生家庭的创伤。

但也有人提出，一个人如果始终活在对原生家庭的怨恨里，谈起原生家庭就满是愤怒和哀怨，那么他是难以成长起来的。毕竟，没有人可以永远生活在“家庭”这个真空环境里，因而原生家庭也不可能对一个人成年后的所有悲剧、错误和不快乐负责。

只是，关于原生家庭的修复，很多人努力了一辈子，也终究是白费力气。

就像是一只被关在笼中的鸟，你有可以飞起来的翅膀，你有吃不完的食物，只是一直活在笼中无法摆脱。

3

我是个很少失控的人，也极少暴躁，虽然我对自己的性格总结里有一条“情绪暴躁”。

工作同事们对我的评价是“老好人”一个，好脾气，极度没有原则。

但有一次，因为一个快递小哥的电话，我能感觉到自己的身体在发抖。

小哥的语气，如同客户的老子，一股子不耐烦，语速绵密无比，还不停问我“你在说什么你在说什么”。

我只能挂掉了他的电话。

那是我第一次，也是迄今为止唯一一次投诉快递小哥。

没想到，紧接着接到了他的电话，对我又是一番数落，而且他完全不听你在说什么，仿佛在进行一场气势恢宏的演讲。

演讲结束，他又对我进行了灵魂拷问——“你在说什么你在说什么”。

我心想，我只顾做听众了，实在没有表达什么。

他终于将快递送到楼下了。

我心里是有些焦灼的，甚至有些抗拒跟他见面，但又觉得见面后解释一下也是有必要的。

那个快递小哥穿着一身很简单的白色汗衫，脚底下是一双黑色布鞋。

看到这身打扮，我的心，瞬间紧了一下。

他抬头看了我一眼，又低下头，指了指快件，“你取走吧。”

语气里没有了此前的不耐烦，也没有愠怒或是委屈，就是没有任何额外的情感，只是简单地表达一个意思——“你取走吧。”

他看上去并非大奸大恶之徒，就是一个张三李四的普通人，做了一份快递的工作。

我的心里已经开始写一篇五千字的论文了——两个小时前的他是不是遇到了什么糟心事，他被我投诉后到底会扣多少钱，我是不是应该把投诉撤掉或者请他吃一顿饭。

晚上，我真的又打了一次投诉电话，但理由是撤销上午我的投诉。

接线员一直在笑，并且跟我道歉：“他的确此前也接到过几次投诉的，我理解您当时的心情。”

4

如果我们到了暮年，用一个词总结自己，你会用什么词？

励志，勤奋，狂妄，暴躁，阳光，温暖，如沐春风，歇斯底里，喜怒无常……

所有反义词，却可以同一场人生里毫无破绽的耦合在一起，很奇妙却也很无力。

每个人的内心，都是一个无底洞，再熟悉的人，也很难探到最底。

你以为的真相，也许总在真相之外。

第五章　唯有真相不可辜负

这是一个信息过载、事实稀缺的时代，

记者缺席，意味着真相缺位。

追问真相，刚而不怒，

关照人间，自带暖色，

半生记者，一生记着。

也许，那只是错误的真相

///

作为一个演播室内的主播，我跟记者同事们不同，很少有机会跟当事人直接接触。

但我很喜欢跟记者们聊天，去听不同新闻作品背后的故事。

对记者而言，那是一个个新闻作品；对于不同的当事人而言，那就是一段又一段的人生，裹挟着特定境遇下的悲欢离合。

1

《新京报》的首席记者陈杰曾经拍过一张照片：

一个清瘦的女孩，眉毛粗粗的，一双大眼睛里似乎藏着很多内容，嘴巴向下撇，头发少而稀疏，有几缕散在两边。

女孩的手里抱着一个又脏又旧的书包，书包上有一个米奇的图案，快乐的米奇骑着单车很快乐的样子。

照片是2004年年底陈杰在河南上蔡的一个艾滋病村拍摄的，当年女孩才九岁，叫吴素敏。

孩子的父母亲因为卖血染上了艾滋病先后死去，吴素敏也携带了艾滋病毒，身体状况一天比一天差。

孩子住的“家”，是用土夯实了的房子，一半倒掉了，没倒的那一半住了人。

房间里，只有一张床，上面堆着乱七八糟的衣服，每一件都很脏。

孩子靠着亲戚和父母生前朋友施舍的食物而活着，嗯，仅仅就是活着而已。

陈杰拍完这张照片就离开了，后来这组报道得了很多奖。

几个月之后，有人告诉他，那个声音像猫一样的女孩去世了。

陈杰的心被重重地撞击了，他本来是可以凭一己之力来稍微改变一下这个孩子的命运的，比如找人资助，让她有吃的、让她有住的，等等。

但他选择了走开，带着他的镜头冰冷地走开，之后还凭这个镜头拍摄下的照片拿了奖。

就像是用一个人的生命，换来了另一个人所拥有的荣誉和金钱。

“到目前为止，这个孩子的眼睛一直在直视着我，一直在诘问着我。她让我从一个懦弱的摄影师、新闻工作者，变成一个坚韧的新闻工作者；从一个没有尊严的新闻工作者，变成真正有尊严的新闻工作者。”陈杰如是说。

2

陈杰的这番话，让我想起了另外一张摄影作品，叫《饥饿的苏丹》。

这是新闻伦理学中的经典案例。

一个苏丹小女孩因为饥饿痛苦地趴在地上，远处是一只虎视眈眈的秃鹰，秃鹰是食腐动物，它仿佛已预知小女孩命不久矣。

秃鹰贪婪地盯着小女孩，等待着即将入口的美食。

拍下这张照片的摄影师是凯文·卡特，这张照片明晃晃地展现了苏丹大饥荒的悲惨。

这张照片太有想象空间了，人们都会脑补快门被按下之后小女孩和秃鹫之间会发生的残酷的一幕。

《纽约时报》买下了这张照片，刊登在了 1993 年 3 月 26 日的报纸上。

这张照片转瞬成为非洲苦难的标志，成百上千人写信、打电话给《纽约时报》，询问孩子的近况。

十四个月之后的5月23日，卡特走上了哥伦比亚大学那个经典圆形大厅的讲台。

凭借这张《饥饿的苏丹》，他拿到了普利策奖。

卡特在纽约大受欢迎，餐馆里的顾客会请他签名，主流杂志的图片编辑们希望能跟这个穿着黑色牛仔裤和T恤衫、戴着手镯与耳钉的新人见面。

可是很快春风得意的画风翻转了，有记者将他的得奖称作“侥幸”，也有人声称他的作品是摆拍。甚至还有人质疑他的道德，佛罗里达《圣彼得堡时报》曾说：“那个调整镜头来拍摄她的痛苦之人，可能也是一个掠食者，现场的另一只秃鹫。”

甚至一些卡特的朋友，都想知道他为什么没有去帮助那个女孩。

卡特焦虑极了，不顺遂的事接二连三。

他的一个非常要好的伙伴，在一次采访中被枪杀了。

他的经济状况出了大问题，不得不去莫桑比克采访，但居然将还没冲洗的胶卷给弄丢了。

……

最终，1994 年 7 月 27 日，三十三岁的凯文·卡特自杀了。

他的红色小皮卡停在他小时候常玩耍的小河旁边，一段绿色的用于浇花的塑料软管接在排气管上。

他留了一封遗书——

“真的、真的对不起大家，生活的痛苦远远超过了欢乐的程度。”

卡特身旁的随身听是打开的状态，一切都呈现着轻松的美好。

3

就在该普利策奖颁出后不久，驻美国的一家日本电视机构就打电话给评定当年普利策新闻奖的评委约翰·卡普兰。

最初的采访还算中规中矩，可是马上，记者的话锋一转。

记者转述了专栏作家的批评：“你看这自私的、不关心民众的媒体和记者，踩在小女孩的尸体上得了普利策奖！”

约翰·卡普兰解释说，那张照片是有注释的，这个小女孩就在救济中心附近而非荒无人烟的沙漠里，女孩的妈妈就在旁边，小女孩的手上还有一个手环，说明她当时已经受到了人道保护。

而参与评奖的所有评委都注意到了这些细节。

在评审的时候，评委们都信任这个摄影师——如果这个小孩需要帮助的话，摄影师一定会施以援手。

但是，这段访谈在电视上播出的时候，约翰·卡普兰的陈述被无情地掐掉了。

为了佐证某一个观点，而对“证人”的话语掐头去尾，这是无良媒体惯用的伎俩。

在那档节目里，摄影师卡特，连同普利策奖的评委们，都被打上了冷血和无视人道主义的标签。

电视节目不再关注贫穷的苏丹，而是紧紧围绕新闻伦理和道德观展开，对凯文·卡特和普利策奖进行了猛烈的抨击。

卡特只能辩解：

“我必须先工作，如果我不能照常工作的话，我就不该来这里。”

“为了避免感染传播疾病，按规定我不能触摸那个孩子。”

没有人知道，拍完那张照片之后的凯文·卡特，坐在一棵树下，点起了一支烟，放声恸哭。

朋友回忆说：“他之后很抑郁。他一直说，想要抱抱自己的女儿。”

若干年后，卡特的女儿接受采访时说：“我觉得其实爸爸是那个无力爬行的孩子，而整个世界则是那只秃鹰！”

还有一个消息，说《饥饿的苏丹》中的“小女孩”，真正去世的时间是2007年。

事实上，那也并不是一个“小女孩”，而是一个名为Kong Nyong的男孩子，他并没有像人们担心的那样被秃鹫吃掉或者饿死，而是因为高烧不治离开人间。

很多真相之所以频频被谣言“攻陷”，那是因为在我们内心深处，更愿意相信那个谣言中讲述的故事，不管是因为悲情还是离奇，还是别的什么情绪。

4

很多年前，我刚做新闻主播，点评恶性事件时，连语气都是恶狠狠的。

我的总监皱着眉头跟我说：“小新，真正的评论，不需要恶狠狠的，而是无形的刀子插入对方的心脏。”

最做作的一次，居然在主播台上将一支水笔狠狠摔在了地上，表达对当事人的痛恨和贬斥。我发现自己进入了一个误区，在对任何新闻事件评论时，都是怀着恶意和揣测，摆出一副高高在上的面孔和姿态，沉浸在自我的道德高地上无法自拔。

哪怕在一个人做了好事的时候，也忍不住去怀疑他的动机：他为什么会不计自己的个人得失去单纯地做一件好事？其中，会不会有什么隐情或者利益输送？

多年之后，当我成为真正的倾听者而非评判者，进入一个个新闻事件的中心，接触到一个个活生生的人时，才恍然大悟，我以为自己看到的真相，往往只是一个结果。

真相是由太多个关节、卡口连接而成的，就像一座宏大的传统木制建筑与一个个“榫”，事件与事件彼此相嵌，人物与人物彼此相嵌。

慢慢去接近，而谨慎去下一个结论。

如果你不了解，那么你没有权利去做一个简单的评论；如果你了解了，你可能就不敢去轻易地下一个结论了。

更何况，你所认为的真相，可能本身就是一个巨大的错误。

暗夜里偷偷哭泣的少年

///

几年前，在“十点读书”的朋友的推荐下，一个媒体朋友加了我的微信。

他叫雷磊。

再之后，他做了一个叫“真实故事计划”的公众号，接连出了几本书，并且卖掉了影视改编权。

但我始终忘不掉的，是雷磊讲过的发生在2012年的一起杀人案。

凶手，是一个十九岁的少年。

1

作为采访者，雷磊记录了法庭庭审的全过程。

被害人的家属分别向这个十九岁的少年提出民事索赔一百三十九万余元及八十七万余元。被害人的丈夫向法官下跪请求判处这个少年死刑。

整个庭审过程中，少年始终都在摇头晃脑，做着鬼脸，甚至发出了冷笑的声音，而没有向死者及死者家属表达任何歉意和悔意。

公诉人和法官几次提醒他坐好。

在陈述环节，少年说："我希望法官能尽快判决本人死刑并立即执行，谢谢！"

说完，他向着法官鞠了一躬，就像刚刚从领奖台上领完了奖。

之后，他的脸上又露出了微笑的表情。

他说，他就是不想活了。

他说，杀人之后，他想回家看看亲戚朋友，然后自杀，没想到第二天下午就被抓捕了。

从小学起一直都是年级第一名的优秀的学生沦为杀人凶手，也不过只是几年的光阴而已，连他的家人都想不明白：这个少年的世界，到底发生了什么了？

难道这个少年真的成了某些专家口中的"天生犯罪人"？

2

少年是一个打工者，由于长年失眠，需要服用安眠药才能入睡。

这天，女雇主请他帮忙哄一下正在调皮的孩子，两天里只休息了两个小时的少年困倦不已，完全没有这个心情。

他的脸上写满了不愿意。

“你是打工的，让你哄你就哄。”平日里性情温和的女雇主，在忙累了一整天的此时，也颇为烦躁。

她正在洗漱，更恼人的是，头顶的灯暗了两下之后，彻底坏了。

整个房间里，都弥漫着让人逃离的气息。

少年仿佛想都没想，径直抄起手边的斧头走到了女人身边。他一句话都没有说，冲着女人就砍了过去，他怒不可遏地要教训一下这个不近人情的雇主。

女人慌了，赶紧大声喊着“杀人啦，杀人啦”。

女人茫然而无助地喊着，很快，小孩子尖利的哭声也掺杂了进来。

女人和孩子都被少年拿着的斧子砍倒在地上，鲜血迸溅到了走道旁白色的墙壁上。

“为什么，为什么……”女人的声音越来越微弱，内心满是不解……

砍了二十多下之后，斧柄断了。

为了羞辱对方，少年还将这个女人的裤子扯了下来。

所有人都想知道少年这么做的理由，他耸耸肩膀，只说了一句“谁让她吓我的”。

3

作者金宇澄先生在访谈节目中曾说过一句话：决定一个人的命运，往往就在那一秒。

可是在那一秒之前，你不知道他承受了多久的重压，或者是摧残。

这个少年出生在一个极不幸福的原生家庭里。父母离婚后，他被判给了父亲，并且很快有了继母。亲生父亲嗜赌如命，继母又凶残无比，少年被殴打成了家常便饭。

四岁那年，父亲因为几块钱的赌资将一起赌钱的人杀死，之后被枪决。

继母不愿意再管这个“拖油瓶”，就找人把他“还”给了他的亲生母亲。

离婚之后，亲生母亲再也没见过自己的儿子。

再次看到这个黝黑瘦弱的孩子时，母亲简直不敢相信——儿子的眼睛有点斜视，耳朵也有些不大好使，有点耳聋。

在问到原因时，儿子回答说：“是被后妈用扫帚打的。”

母亲给儿子取了个新的名字“金库”，寓意家境殷实不愁吃穿。

只是，刚刚逃离了凶残继母，少年又遇到了暴躁的继父，就像是俄罗斯套娃一样的坑，大坑套着小坑。

少年鼓起了勇气走到继父面前，壮着胆子说：“爸，我们一起做饭吧，妈吃饱了饭，就不会烦心了。”

继父只回了他一句：“滚一边去。”

少年只好听话地“滚”到了一边。

再后来，少年的母亲又带着他改嫁了两次，对他而言，母亲是既定事实，而继父成了“流水席”。

在小他十三岁的妹妹出生后，早熟的他愈发意识到自己在这个“家”里的多余。

本身就敏感的少年变得更加沉默寡言，他掌握了一项新的技能——不管在哪里，都努力使自己在人前不被注意，活成了一团空气。

总有人会问到他的父母，他的回答简略而不耐烦。

他说："我爸，在我小时候被枪毙了；我妈，又嫁了新一门。"

少年是喜欢阅读的。

就是在那个逼仄又昏暗的房间里，少年只能靠一本又一本的书，度过漫漫长夜。

他的成绩一直不错，看着家里贴的一墙的奖状，他觉得可以靠高考改变现状，可继父不想供养这个与自己没有血缘关系的孩子，拒绝了。

对他而言，书里有勇士，有智者，有神话，有童话，有奇迹，有惊喜；而书外，只有迈不出的房间，和走不出去的人生。

4

哪个少年不怀春，哪个少女不多情。

少年的心里，曾经住过一个姑娘。

姑娘跟少年是通过一场网络偷菜游戏认识的，少年的口头禅是："妞儿，给哥乐一个。"

比少年大了好几岁的姑娘只觉得是对方的“调戏”，赌气说道：“你赚到一亿元我就答应（求爱）。”

少年回应道：“这不是很简单的事情吗？”

他从老板那里借过两笔钱，一笔八百元，一笔五百元，跟老板约定发工资的时候扣下，他想帮姑娘开一家网店。

我无法给你许一个完美的我，那我就争取“成就”你，或许这是少年心中一个男人的担当。

少年的QQ空间中，几乎所有的日志图画都和那个姑娘有关。

最新的日志里，少年这样写道：“为了你，我可以背叛自己，甚至是失去自己。”

四年后，这段感情灰飞烟灭，姑娘说在他身上看不到未来。

在QQ空间唯一的自述中，少年用火星文写了这样两句话，“脸上的微笑麻木到心里”“有谁能看到我躲在黑暗里偷偷哭泣”。

而跟他同时在汽修厂上班的年轻人们，也并没有对他温柔以待。

他们总是拿少年的斜眼和耳聋开恶意的玩笑。

最后，少年气呼呼地喊道：“我把菜刀藏在枕头下面，谁再跟我吵，我就给他点颜色瞧瞧。”

5

采访的地点在北京东郊，而北京东郊的城中村位置偏僻，压根就没有出租车，结束了采访后雷磊只能去街口等车。

那天的太阳特别大，一个中年妇女见他站在烈日下暴晒着，就招呼他说："小伙子要不来我家屋檐下来等车，这样可以一边遮阴一边等嘛。"

雷磊快步走过去。

对方问："小伙子，你怎么到北京这么远郊的地方来了？"

雷磊答："你知不知道你们这里发生了一起杀人案，女人和小孩都被砍杀了，哎呀，太可怕了。"

见中年妇女的脸色有些难看，雷磊不明所以地问："你是不是有什么不舒服的地方？"

中年妇女回："我就是这个杀人凶手的妈妈。"

在一次演讲里，雷磊说："你很难想到，怀有深仇大恨的杀人凶手的家属和被害人家属他们只隔了一条街；你也很难想到，一个杀人凶手的妈妈是一个慈眉善目的中年妇女。"

后来，母亲见到了自己即将要执行死刑的儿子。

母亲说，刚领到第一笔工资的儿子拿出两百元孝敬给她，说：“妈，想吃什么买什么。”

少年跟往常一样，坐到她身边，把头靠在她腿上，说：“妈，你太累了，休息一会儿吧。”

他安慰母亲说有钱的大老板也有不少不识字的，不要为他不能继续读书而发愁。

这个少年，才十九岁。

被宣判后，这个少年对贴着他哭成了泪人的母亲说的最后一句话是——“看淡漠点吧，活着多累，别那么拼了。”

此前，有好几次，他都问过母亲同一个问题：“妈，你说活着多累，是为了什么呢？”

母亲听到后并没有太多的不安和在意，旋即被生活琐事扯了去。

累，太累，多累，这是少年对这个世界的认知。

6

有人用这些短语概括了少年的一生：

父母离异、家庭暴力、留守儿童、原生家庭的伤害、童年阴影、身体缺陷、心理伤害、抑郁孤僻、贫穷困苦、疾病缠身、感情失败、事业受挫、生存压力、世态炎凉、无尽嘲讽……

真实的描述，可能更多，但每一个短语的背后，都是累。

在被仓促地从少年推到成人的过程中，他的“偏航”是迟早的事情。

我们的一生会经历很多事件，有些事件对健康人格的形成产生积极的作用，也有些事件存在负面的影响。那些负面事件负面影响日益沉积，并逐步在人格的形成过程中显现。关于“弱势群体”，人们有不同的界定，在我看来，伴有不良人格的人，当属其中之一。

这也为当前青少年犯罪低龄化提供了犯罪心理学上的依据，问题的成因应不仅归于行为人，他所在的环境及社会也有相对的责任。

曾经有人提醒过我，凡是容易让你情绪被扯动的新闻，你都要谨慎。

甚至因为媒体人介入新闻事件的视角，或者某一个新闻细节的“放大”，有时会“洗白”不法分子。

我无意为这个少年辩解，更没有理由帮他“洗白”，我只是想提醒很多用“变态”“杀手”形容少年的人，童年的不幸和成长的遭遇，不能成为他杀人的理由，但，那是他杀人的原因。

我更清楚，一切都不可能是杀人的理由，而是他自己的选择，但你知道吗，有些时候，一个人的选择真的只剩下了一种。

很少有人关注到这两个细节：

少年挂在嘴边的口头禅是——“妈，我饿了，弄点儿啥好吃的。”那是因为当年父亲赌钱不回家，继母把他一个人锁在家里，自己回娘家，少年一连两三天没有饭吃。

少年从网上买了镇静药三唑仑，希望以一种睡过去的不疼的方式默默死去，他实在过够了有上顿没下顿的日子了。没承想，这些药在凶案发生当天，被他放进了公司员工早餐的粥里。

7

记者雷磊给那份采访稿取了这样的标题——“冷血青春”。在稿子的最后，他写了这样一段文字：

> 偶尔的言谈中，他提及当初想回家乡看最后一眼的愿望，那个名为沙河子的地方留下了他最多最幸福的记忆。在那里，有着莽莽的林海和波光粼粼的水库，有着这个考过无数次第一名的辍学生使用过的课桌，也有着他同懵懂深爱的女孩一起走过的操场林荫。

每一段拍摄，都是在交命

///

在做记者的那些年里，我经历过太多奇奇怪怪的事，遇见过形形色色的人。

那些悲欢，那些离合；再大的怨恨，再浓烈的爱，在时间的长河里，终究烟消云散，归于平淡。

没有过不去的一切，一切也终将过去。

1

我的同事、记者凯恩跟我讲了他做记者十几年来最难忘的一个采访对象。

这个采访对象，凯恩和搭档磊娜跟踪了整整九个月。

那是一个去世了整整十二年的村官，山东济南长清区张夏镇孔庄村的村主任刘兴胜。

凯恩说："很多时候，想到他，我就有点犹疑了，记者的使命到底是什么。"

孔庄村的路，盘旋而上。

这个村子地处四百六十米的山上，从山底到村里路九曲十八弯，外面的人数了数，总共是五十四道弯。

而就是这有五十四道弯、七千四百米长的路，是刘兴胜带着乡亲们花了十年时间修完的。

修路之前，每到下雨天，乡亲们就出不了门。

泥泞的土路，一步一滑，四五个小时，也走不到山下。

因为缺一条结实的路，乡亲们种的瓜果蔬菜卖不出去，没有姑娘愿意嫁到村子里来，现有的几十个孩子也上不了学。

1986 年，在城里打工的刘兴胜回到了村子里。

妻子坚决不同意他的选择，他的想法只有一个："我是从这里出去的，我不希望看到我的老乡继续这样穷下去！"

做了村主任的刘兴胜提议要做的第一件大事，就是给村子修一条路。

虽然老乡们都觉得修路是件正确的大事，但真正的拥护者却并不多。

有的担心修路得自己掏钱，有的担心路会占自己家的地方，更多人压根不相信路能修成，干脆做起了局外人。

刘兴胜只能一家一户做工作，做一次不行，就多做几次。

做工作还不行，还得率先垂范。

刘兴胜把自家卖核桃、卖地瓜、卖花生的钱都拿了出来准备修路。

“自己的日子，只能将就着过，也不敢跟老伴说实际情况。”刘兴胜抹了抹嘴巴，眼睛里都是泪。

修路时，天公不作美，连着下了十二场雨，修了再冲，冲了再修，前前后后重修了四十二次。

刘兴胜带着做劳力的老乡们吃住在路上。

饿了吃口咸菜和高粱饼子，渴了就喝口山泉水，孩子病了也顾不得看一眼。

路修好的那一天，有老乡感激得恨不能给刘兴胜跪下来。

刘兴胜却依然不满足，脚下的路可以走了，但人心里的路要走起来，还需要一个东西，那就是电。

他希望世世代代一直摸着黑的乡亲们，能够用上电，那样才能看到外面的世界。

七十多根杆子，刨坑、安装、定穴、校对，刘兴胜带领着乡亲们把电引到了四百六十米高的山上。

孔家村终于不再是“一穷二破三乱”的老样子了。

而此时的刘兴胜，却被查出胃癌晚期。

在此之前的几年里，他就一直觉得胃痛，为了止痛，他用了最原始的办法。

他把铁制的军用水壶装满烧开的水，紧贴着暖自己的胃，把皮肤都烫糊了，他也没有感觉到。

“你不知道疼吗？”妻子问他。

他皱了皱眉，也不知道怎么回答，光是摇头。

妻子用手捶着他的肩膀，却又不舍得太用力。

七十八岁的母亲得知儿子患了癌症，搂着他哭，“儿呀，你听娘的话，歇歇……”

他说：“想歇歇，就是从心里恨不能多歇歇，但有些事停不下来，没法歇。”

修了路，架了电，刘兴胜还有一个计划，能不能通上有线电视呢？

妻子哭着说：“真希望你停下来，多活几年，也不用你干什么，看看你修的路，就是瞧瞧，看看，望望，多活两年，看看你修的路……”

这几句话，她反反复复在说，一直在重复，似乎想说服爱人，更想说服自己。

这些话，每说一次，她都是泪流不止。

2007 年，10 月 13 日，刘兴胜去世了。

他的体重从健康时的一百六十斤，瘦到了九十斤。

整个村子里的人，都在哭。

凯恩和磊娜在现场跟着哭，手抖得拍不了任何镜头，“因为拍了整整九个月，每天都去，有时候就觉得是一家人。”

凯恩和磊娜合作了好多年，那是他们刚入行做记者的起点。

他们觉得突然找不到工作的方向了，觉得什么选题都没意思，两条腿就像有记忆一样，一直想回到孔庄村看看。

三四年后，磊娜做了一个梦，梦里的刘兴胜穿得整整齐齐，问磊娜:“磊娜，你怎么不来看看我？”

第二天，磊娜回到了孔庄村。

村子仿佛跟几年前没什么变化，刘兴胜的妻子还穿着当年的那件花外套。

临别时，磊娜把一沓钱塞到她的手里，离开了。

我听过凯恩和磊娜私下里的讨论：

“是的，我们是在赞扬或者歌颂一种行为，但是对一个人和一个家庭而言，意味着什么？”

“为什么整整患病八年，他都没事，可是我们采访了九个月，就去世了？”

“每一次去，嫂子都哭，说起往事就哭，拍镜头的时候，我就难受。”

“好多人都捐了钱，帮忙还上了欠款，还帮村里通上了有线电视，但是我就是高兴不起来。”

新闻是人对新事物的认知、表现和传播。

记者是什么？记者是在大事发生的时候，哪怕你来不及穿上衣服，也要赶到现场。不传播，毋宁死。传播要有价值观，这是记者的使命。

可是记者很难独立于事件之外存在，事件的中心，是一个又一个活生生的人。

这些人不断地面对死亡、哀号、痛苦和灾难，而记者就跟着面对，或者重现那种面对。

有情，却也薄情。

无情，却也深情。

2

纪录片《人间世》，在网上获得了很高的赞誉。

总导演秦博所带领的编导团队没有彩排，没有剧本，没有预设的采访对象，每一个故事都是现场蹲守出来的。

采访，就如同在一座巨大的山体上挖矿，挖了很深很深，却可能依然停留在腐土层，你却还要继续保持定力。

骨肿瘤多发在未成年人身上，发病率只有百万分之三，这个概率就相当于你连续抛二十二次硬币全都是正面。

但概率也就是句废话，没得病，就是零；得了病，就是百分之百。总有人健康，也总有人患病，发生在了你身上，就是百分百的痛苦和艰难。

得了骨肿瘤，要么截肢，要么锯开腿，取出骨头，去除肿瘤，再将骨头放回去。

这样的病偏偏就被安仔遇上了。

第一眼见到镜头里十一岁的安仔，胖乎乎的，只觉得这孩子的生活条件太好了，后来才知道，那是因为经过长时间的化疗，所出现的身体的异常浮肿。

挂盐水，是医生“骗”小孩子的说法。所谓的“盐水”，就是各种高浓度的化疗药水。

烦躁、易怒、虚弱……化疗，会带来常人想不到的生理和心理上的双重打压。

安仔生病前最喜欢打篮球和玩滑板，自从左臂被截肢，他就不愿意出门了。

有一段时间，安仔迷恋上了玩游戏。他说：“游戏里面人有很多命，输了重来就好了，不像我，左手再也长不回来了。”

后来，他索性穿上长长的外套，把外套空荡荡的袖管捏出点形状，塞进口袋里。

他习惯走在妈妈的右边，左边的袖管和妈妈的手臂摩擦在一起，伪装性更强。

妈妈带着安仔来到了上海假肢厂。

安仔问：“我不装机械手，装美容的可以吗？”

医生答:“对的，装美容手是对的。”

安仔又问:“装好了可以背书包吗？”

医生答:“背书包可以，重的可能有点问题。”

“那以后书就背少一点！”

妈妈坐在病床边，鼓励他唱张杰的《逆战》。

在这个风起云涌的战场上

暴风少年登场

在战胜烈火重重的咆哮声

喧闹整个世界

安仔也梦想着化疗一结束，自己就可以蹦蹦跳跳去上学了。

他并不知道身上的肿瘤细胞早已经转移到了肺部，这一次的癌细胞转移，父母都知道意味着什么。

那个天天喊着等妈妈老了以后要照顾她的男孩，等不到那一天了。

没过几天，安仔的肺漏气了，只能通过插管排出肺部的空气。

你看，还没有等到暴风少年登场，他便要缴械投降匆匆退场了。

他才十一岁。那种彻骨的痛啊，从生气、哭闹，再到后来，哭不动了，他不得不承认自己的无力与软弱。

他称呼不同的医生为叔叔、阿姨、爷爷、奶奶，他们眼神里满是期待地对安仔说："一定加油顶住。"

安仔却幽幽地问了一句："万一顶不住，该怎么办？"

安仔恳求医生给他一个一步登天的办法，因为他实在觉得自己已经痛到了极限。

这实在不像一个十一岁的孩子说出来的话。

许是太久没有人浇水，病房里的那盆栀子花都枯了，只剩下了光秃秃的枝子。

安仔对妈妈说："妈妈，对不起，我们的约定我完成不了了，您辛苦了。"

还有三天就要过生日了，在广西南宁的一家医院，安仔把人生中最后一句话留给了妈妈："妈妈，我爱你。"

我爱你，却没有办法陪伴你，这是一句招人恨的丧气话。

安仔走了，他的眼角膜捐给了一个失明了四年的小男孩。

就像很多主持人会在节目里说的，那个小男孩会带着安仔的眼睛，看遍世间繁华，看尽美景如画。

这样的表达隐约传递着一份暖意，似乎安仔可以由此依然留在世间，其实那也只是我们的一厢情愿和自欺欺人。

人走了，便也就走了。

3

《人间世》第一季有过一幕，当时还只是担任首席编导的秦博，半蹲在恸哭的拍摄者跟前，跟对方解释自己的纠结。

秦博说:“这个时候面对摄像机，我们都知道是一件极其残忍的事情，我特别想说声对不起，但是我们还得做下去，想让更多人知道这件事。”

问题是，对于患者或者家属而言，他们有义务放大自己的痛苦，让“更多人知道这件事”吗？他们可不可以只是找一个角落，谁也不要来干扰他们，他们只是静静地掩藏着自己的悲哀。

很多人说记者的使命是记录和“记着”，纪录片的拍摄者更具有侵入性，用镜头记录他人的痛苦，这到底是有情，还是无情？

作为别人生活的闯入者，他凭什么把生活袒露给你？凭什么要给你拍？尽管我们确实陪伴他们走过了人生最艰难的时光，但是说到底也是带着拍摄的目的去记录他们的生活，所以有时候你也必须把自己的生活交出来。

就好比两个人互相交换着彼此的秘密，成为生死之交。

对记者而言，表达的最终极目的是被认知和被理解，哪怕你不理解，也请你先知道。

而在此之前，每一段拍摄都是在交命。

希望你没忘记，我们一起哼过的歌曲

///

1

2019 年 3 月 30 日，晚上六点左右。

四川省凉山州木里县雅砻江镇立尔村发生了森林火灾，着火点在海拔三千八百米左右，地形复杂，坡陡谷深，交通和通信都极为不便。

第二天下午，扑火人员在转场途中。突然，瞬间风力风向突变，山火爆燃，三十名扑火人员失去联系，之后被确认牺牲。

我所在的新闻节目用了很大的篇幅去报道这次意外，牺牲的山东籍消防员赵永一的名字，也被我不断提起。

赵永一最喜欢的电视剧是《士兵突击》，看了不下十遍，他就想当一个像许三多那样的兵。

2016 年征兵工作一开始，赵永一就兴致勃勃地跑去报名。没想到，因为年龄偏小被刷掉了。

第二年，不死心的他再次报名，他找到了负责征兵的工作人员，说:“今年我必须当上兵。”

那年的赵永一还不叫这个名字，而是叫“赵艳涛”。他给自己定了一个梦想，那就是“永争第一”，干脆把名字改成了“永一”，算是一种鞭策。

这次，他终于成了一个兵。

入伍前，赵永一建了一个八人微信群，里面都是他的发小。

赵永一的微信封面图片的背景文字是：青春有很多样子，很庆幸我的青春有穿军装的样子。

赵永一有一些私藏的宝贝，是几张发小的照片，和发小探望他时吃饭的发票与门票。这些宝贝，被他夹在书里，珍藏了起来。

初中语文老师回忆起那个有点瘦的毛头小子说，新生入学时学校专门组织了学生目标与理想填写活动，班里很多同学写以后想当发明家、工程师、设计师，赵永一填写的是“当兵”。

作为一名森林消防员，赵永一不是在救火，就是在救火的路上。

看到他救火归来后手指甲里的灰怎么洗都洗不掉，发小们都心疼。

大家总会跟他说“注意安全”“注意休息”……

从2017年夏天参军，到2019年3月31日牺牲，赵永一都没有再回过家。牺牲前的两个月，赵永一定了次年休假的计划，说回家必须穿军装。

他畅想着那一天的场景——

“到时候走在路上，一定会一路带风。”

赵永一的妈妈王艳说：“保家卫国，为咱光荣，真是没给咱丢脸。我失去他，也是光荣的，我很自豪。”

赵永一的爸爸是个老实的庄稼汉，大字不识一个，面对记者的采访，始终都没有开口讲过话。

我看到网上流传的赵永一弹吉他的视频，曲子是《夜空中最亮的星》。

指法并不熟练，就像他那尚青春且青涩的年龄。

我听过这首歌的好多个版本，赵永一的版本里，只有旋律。

我却在跟着唱：

每当我找不到存在的意义，
每当我迷失在黑夜里，
夜空中最亮的星。
……

赵永一，1999年12月生，凉山州森林消防支队西昌大队四中队一班，消防员。

2

四川木里森林火灾后，幸存者、四川凉山森林消防支队西昌森林消防大队四中队二班的副班长赵茂亦，是接受媒体采访最多的人。

他还有另外一个身份——当时的十人小队里唯一的生还者。

现场有很多记者，有的半蹲着，有的直挺挺站着。他面前有摄像机、照相机和采访机、手机。

见到记者，他抿着嘴巴，说："记者老师，我已经回忆过很多遍了，但我会尽量配合你的。”

有记者按了相机的快门。

“我是凉山支队西昌大队四中队二班副班长赵茂亦，我今天跟大家讲的是我从接近火线到全部避险的过程……”

二十一岁的他，语气平静，语速略快。

我们都经历过痛苦，却都不想回忆痛苦，每回忆一次，痛苦就加深一层。

火场上死里逃生的经历，赵茂亦终生难忘。

“我们翻过沟底，到了对面那个斜坡，当时下面的风声，爆裂声……”前面的部分，赵茂亦一直讲得很顺，只是，讲到“风声，爆裂声”的时候，他一下子噎住了。

停顿了四五秒的时间。

他张了张嘴，却没能发出声音。

有记者低下头，不忍心去看他。

紧接着，他又说，“还有，还有烟，特别大的烟……当时，当时，火十秒不到……”

他依然站着标准的军姿，脚下纹丝不动，呼吸却变得异常急促，用小学生背课文一样的语气，时断时续。

我能听出他内心的战栗，不只是对大火的恐惧，更多是对兄弟们已经离世的抗拒和不断被现场那些惨痛画面侵蚀的恐惧。

当时，山底发出了巨大的爆响声，风挟着火光、烟雾迅速扩张。

十秒不到，火就从山底直接蹿上了几百米高的山顶。

就在此时，爆燃发生了，一个无比巨大的火球扑向了队员。

十人小队拼命跑，跑到一个山脊，一棵直径超过一米的倒木，硬挺挺地挡住了前方的道路。

赵茂亦处在队伍第三的位置，火太烫了，就像熨斗放在了后背，他身后的一个战友直接从山上滚下了去。班长翻过倒木后，指导员却无法翻越。

绝望，那是一种彻骨的绝望。

赵茂亦一把将指导员推过倒木，自己像刺猬一样，把身体缩成了一团，往下滚。

“大火扑到我的背上，衣服瞬间被烤得滚烫，我用尽力气，顺着山坡向下滚。可大火随之将倒木吞噬，我身后六名战友不见了踪影。十秒，我感觉就像一个世纪一样。”

滚出火场时，赵茂亦感觉自己的身体很烫，皮肤已经和衣服粘在一起了。

知道自己没有死的他，一直在呼喊他身后的战友，只是没有人应答。

他最后一眼看到的，是班里十八岁的小战士王佛军，王佛军的脸上是绝望加迷茫的表情。

一米多高的倒木，将他和王佛军隔在两边，一边是生，一边是死。

他眼睁睁看着队友葬入火海，却没法抓住那只向他求救他的手。

后来，有人在网上质疑：赵茂亦为什么不能去拉王佛军一把？

我只能说，那短短的一秒，都是生死之争，如果他回头拉了，也可能只是增加了一个烈士，而已。

人生中是很难回过头去假设的，神奇的月光宝盒根本就是空想。

采访时，已经是事发后的第四天了，赵茂亦说：“今天是第四天，每天晚上他都会在梦里跟我说，‘班副，拉我一把！’”

赵茂亦突然哭出声来了。

他不断抽泣，但仍然保持着之前的站姿。

他的身体开始前后摇摆，泪水一直在淌，他只是陈述事实，没有人知道他的内心到底在想什么。

王佛军生前的最后一条朋友圈，文字是："来，赌命。"那张照片有点糊，山火在身后，向前奔跑的他，匆匆回头。

结束采访，和其他五个受访消防员一样，赵茂亦挺直了身子，对着面前几十个记者喊了一声："报告完毕！"

那天，外面有很大的雨声。

3

央视新闻频道《面对面》节目有这样一组对话：

董倩：你跟那个战友关系好吗？

赵茂亦：他一直把我当大哥，一个班的因为都是。

董倩：他是谁呀？

赵茂亦：他是王佛军，我们中队最小的一个，十八岁。

董倩：你想救他吗？

赵茂亦：我想救他，但是来不及，如果我回头拉他一把的话，我估计也是在（火）里面了。

董倩：你会自责吗？

赵茂亦：我这几天从下山开始，做梦我就梦到……开始是梦到他给我招手，做梦就会梦到他，他就说“班副，拉我一把。”

因为这几个问题，主持人董倩受到了网友海啸一般的批评。

有人说，再有名的主持人，问出这样的问题，若不是情商低，那也够冷血的。

还有人说，当幸免于难的消防员出现在电视上面对记者话筒时，将不得不承受来自于“心灵拷问专家”的二次伤害。

董倩在《懂得》这本书里有过这样的两段话：

> 我步步紧逼，其实我于心不忍。
>
> 记者的职业，就是把人在经受非常时的本能心理，尽最大努力记录保存下来。我要把我的采访对象，带回到事发的心境中去，把当时那种左右为难、举步维艰掰开揉碎地讲；我要把他们的个性和人性中最闪亮的地方展现出来。

曾经也有很多人问过我：“新哥，你听过那么多离奇的故事和这个世界里的悲欢离合，是不是就会进入一个‘脱敏’或者‘免疫’的状态，甚至很少被感动呢？”

这是一个好问题。

我只能说，就我的经验看来，人的泪水是充盈的。

到目前为止，看到或听到感人的故事时，我还是会陪着对方哭。

跟同行交流时，有朋友说，对媒体人而言，某种意义上的“麻木”是一件好事。因为，长时间的沉浸在某一件事或者某一个采访对象中，投入了过多的个人情感，对这个职业而言是致命的。因为，在不知不觉中，它会影响你的思维和判断，客观和公正也就无从谈起了。

每一方都有每一方的道理。

站在我的角度，我是认同董倩在那期节目里问出的每一个问题的。

我记得，节目最后，董倩又抛出了几个问题。

董倩：你当时当兵为什么要选择危险系数这么高的一个职业呢？

赵茂亦：因为没当兵之前，在家里就是那种用老家话叫小混混嘛，动不动就离家出走的叛逆小孩；当时看了征兵广告，就觉得男人嘛，是要来部队闯闯的。

董倩：你经过了这件事情后，你还想做消防员吗？

赵茂亦：曾经在山上的时候，经历这个事情，我是真的害怕。但是看到战友的遗体，我觉得必须把他们肩负的给扛起来。如果我们再选择逃避，别人再选择逃避，这个职业将没有人继承。如果你不愿意来，我不愿意来，大自然谁来守护？

如果你不愿来，我不愿意来。

那么……

4

张成朋来自山东，是家里的独子，身高一米八的阳光大男孩。

夜里一点多，干妈田雪娥家里的房门响了。

张成朋的爸爸很慌张的样子，第一句话就是“咱孩子没了”。

干妈在接受采访的时候说：“我们就只能安慰自己，说咱们的孩子是骄傲，现在又是英雄。但是想一想，真的不愿意他去当英雄啊……”

说到此处，她用双手抹着眼泪，“就希望孩子回来。”

牺牲前的一周，张成朋的家门口刚挂上“光荣之家”的光荣牌，只是，这一幕他没有见到。

那年秋天，他从山东来到四川，成为一名消防员。

在新兵连，他一个月八百五十元的津贴，进入西昌大队后，收入有所增加。但是，几个月后，他一口气给家里汇了五千元。

“五千元呀，这意味着，那几个月，他每个月都只用了几百元。”

家人对他最大的感受就是——小时候有些调皮的孩子长大了，更懂事，更沉稳了，说的最多的话就是在部队会好好干。

张成朋第一次出任务，背着器具爬山灭火，说不害怕都是假的，但事后又觉得自己干成了一件大事。

他记得大年初二，又一次在山里过了生日，十几个哥哥顶着被山火熏黑的脸，围坐一起，拿着补给里的火腿和饼干，为他唱着生日歌。

他记得心里藏着的那个喜欢了三年的女孩，他一直没好意思表白，他觉得两个人隔得太远，怕自己照顾不好女孩……

英语老师李畅记得，当年提醒张成朋：“消防武警是部队中最辛苦的一种，你可一定要撑住啊。”张成朋拍着胸口说：“我早就已经准备好了！”

他生前的班长杨杰记得，木里火场前一天，他说：“班长，这两天打火有点累，我想好好休息，作训服我就不洗了哈。”

班长说：“行，只要你自己不嫌弃自己有味道就可以。”

他哈哈大笑：“班长，我香着呢。”

大伯张希申记得，上次送张成朋去县城，临走时，他敲敲车玻璃说：“爷（大伯），你开车回去可慢一点啊！”

他的朋友信绪豪记得，看到火灾新闻的时候，一直祈祷他千万别出事，但当看到出来的名单里边有“张成朋”名字的时候，腿瘫软了，他完全不能相信这个“离谱”的事实。

张成鹏走了之后，父母第一次来到他工作的连队。

在是否把儿子的被子带走的问题，父母起了争执。

父亲说，别带了，带回去了，看一次哭一次；母亲说，哭一次也好，是因为有个念想在。

最终，那床被子没有被带走，还是那个叠得整整齐齐的方块。

过了这么久，张成朋的奶奶依然不知道孙子已经牺牲的消息。

所有的家人，一齐对七十五岁的奶奶隐瞒，只是说，成朋遇到了一点麻烦。

5

张康是西昌森林消防大队四中队三班的驾驶员。

采访结束后，张康说：“接下来还有更多任务等着我们，使命必达。”

2019 年 4 月 7 日上午 9:18，张康发了一条朋友圈：“这个地方复燃了，我又要去了，没事留言，有信号聊。”

配图是一张被大火烧秃的山沟，那是他的队友汪耀峰牺牲的地方。

木里火灾出征前不到二十四个小时，汪耀峰才灭火归来，也根本没有时间充分休息，就又上了战场。

汪耀峰家境贫寒，父母常年在外地收废品，他和姐姐就成了留守儿童。

高中时，为了减轻负担，他辍学当兵。

母亲问：“你想好了吗？当兵可不能当逃兵。”

他说：“我一定不会当逃兵。”

汪耀峰留给世界的最后一句话，是在家族群里问候大家早，家人都没想到他前一天还在跟大家问候，第二天人就没了。

张康在朋友圈转发了一篇报道——《木里的风，带走了凉山消防四中队三班》……

6

电影《勇往直前》里，有一幕消防队员在扑灭一场大火后集体看日落的场景。

队长看着眼前的绿意葱茏和脱离火灾威胁的大自然，对着队里的小伙子们长叹一声："如果消防不是最伟大的工作，我不知道什么才是。"

小时候，听到老师和父辈口中的英雄，总觉得英雄离我们太过遥远，甚至是一团模糊的影子。

后来才知道，英雄，就在我们身边。

他们有各自的故事，有各自的牵挂，有各自的迷茫，有各自的欢乐，甚至你还可以嘲笑他两句，说："嘿，你这个缺点这么多的普通人。"

可某一个时刻，他们真的就成了没有内裤反穿的超人。

本来，他们的名字没有被更多人所知晓；也不知道，在成为英雄多年之后，又有多少人还能想起他们的名字。

如果没有这场火灾，这些英雄的名字可能永远不会被知晓。

可是，如果没有这场火灾，该有多好。如果没有那些痛，平平淡淡的，该有多好。

你是年少的欢喜
喜欢的少年是你
希望你还没忘记
那天我哼的歌曲

第六章　请允许我平凡地活着

很抱歉，我真的没有那么热爱生活，

似乎，也一直在极其平凡的路上走着。

陌生人的一句“你好”，

足以让我对生活充满勇气。

谢谢你，

谢谢你的那句“你好”。

你是自己的千军万马

///

1

他是我书店里的客人。

他在“想书坊”做新书签售，我做了这场活动的对谈嘉宾。

他用尽量平静的语气描述他日复一日的十一年生活。

一个人住的十一年，每天的生活都像是在重复，我一个人走在喧闹的街上，一个人走在深夜的街上，在出租车上困得靠在门边，在雪地里摔倒了又爬起来。

花开了，下雨了，风起了，雪飘了，天好蓝，湖水清凉，月亮好圆。

可我，还是一个人走。

这个城市有两千多万人。

这个城市离婚率超过一半。

这个城市有上百万的男女独自回家。

而我，只是其中一个，每天上午我就洗澡出门，直到凌晨时分才回家。

活动现场，他说，其实那段时间并不止十一年，而足足有十三年那么漫长。

把十三年改成十一年，是觉得有些丢脸，那么多年，居然都是孤零零的自己，连个相好的伴儿都没有。

白天喧闹，夜晚孤独，孤独地吃饭和睡觉。

能够找到一个人，握着她的手，肆无忌惮地聊天，那该多么幸福。

可惜，他似乎并没有这个资格。

2

窘迫这个词，是他总也甩不掉的记忆。

上大学期间，长相一般的窘迫、普通话太普通的窘迫、没有钱的窘迫、课程基础太差的窘迫，一直伴随着他。

有一天，他的兜里只剩下了十块钱，而他又实在不知道怎么向家人开口要生活费。

恰好，一直体谅和帮助他的老师跟他说："有个电视台的配音，你看看能不能行。"

是想要活下去的信念，带着他去了那家录音棚。

只是那天录音棚尤其忙碌，一拨又一拨的配音员，从录音棚里进进出出。

轮到他录音，已经是晚上十一点。

他心里着实慌了，再过一个小时，这个城市的公交系统就要停运了，而他是完全没有钱去打车的。

也许是太过紧张，那天的录音状态出奇地差。五分钟的短片，他足足配了一个半小时，可是依然没有达到编导的要求。

编导哭丧着脸："你说你也是播音主持专业的学生，这么一段小片，怎么就配不好呢。"

也不知道是配音间太逼仄，还是被编导批得羞愧难当，他有些喘不过气来，就像一条被甩到了岸上的鱼。

他看了一眼手表，已经是凌晨，早已错过了末班车。

他央求录音棚的工作人员，允许自己在配音间里待一晚。

对方压根不想听他的请求解释，打断了他的话，说："这个配音间，是不允许留宿的！"

他低着头，一只手插在裤兜里，搓着剩下的十块钱。

后来，对方摆摆手："算了算了，睡吧，但明天早晨五点半天一亮，你就得马上走！"

他不断跟对方说谢谢。

3

那个晚上，他翻来覆去，好多过往，在脑海里翻不了篇。

故乡新疆独山子的雪极大，大姐就趴在雪窝子上哭，这是父母去世后，第一次见大姐痛哭到绝望。后来，邻居告诉他，是跟大姐谈对象的男人的家人反对这门亲事。因为他们看到这一家人的窘迫和艰苦，觉得那会是巨大的负担，包括他这个未成年的弟弟。

他想起初三还没毕业，听到大喇叭里说有单位要招工，找到大姐商量，大姐是断然无法说出让弟弟退学这番话的。最后，大姐咬着后槽牙说："工作之后，你就可以买你自己想吃的了。"这句话对一个长期吃不饱肚子的孩子而言，是致命的诱惑。就这样，他初中还没毕业便退学了。

在新疆修车的那些年，戈壁滩上的工友每天打牌喝酒，他每天最大的娱乐就是听半导体收音机，看厂里订的报纸照着念，还去田间地头学驴叫来练声，他知道收音机里有人在播音，却并不知道还有专门教授播音主持的院校。

二十七岁那年，他已经在克拉玛依油田汽修厂修了十一年汽车了，通过买断工龄，他攒到了人生中最重要的一笔钱：四万块。他背着大包小包走出北京站，心里想着，这里的阳光比故乡灿烂，这里的天空比故乡辽远，一定要实现自己的梦想。

因为年龄原因，他成为班级“大叔”级别的人物，想找一个勤工俭学的机会，别人得知他是中华女子学院的学生时，都惊愕不已：“什么，这个学校还有男生吗？你不是骗子吧？”他就只能一遍又一遍给别人解释。

生活的拮据和窘迫，直接决定着一个人的选择。

当生存变成生活里的第一要义，你不敢有太多其他想法，因为那只能是异想天开。

大白天做的梦，那叫痴人说梦。

4

很多年后，他的名字从“马宗武”变成了“小马哥”，成了中央人民广播电台《品味书香》和《千里共良宵》的主持人，他看了太多年凌晨两点的北京，辛苦疲惫却每天都有收获。

他终于结束了十三年的单身生活，在他三十九岁那年，遇上了三十五岁的她，此前，他相亲了三十多次，却都被退货，大部分的相亲对象都会说：“小马哥，你是一个好人，可是……”

他的很多小时候的玩伴和同学，很长时间一直以为他依然在修车，只不过从新疆换到了北京，他修车的地方应该是中央人民广播电台。

他出了新书《我走了很远的路，才来到你的面前》，很多名人帮他做了推荐，他去全国不同的城市，有听友跨越了几个城市，就为了见他一面，听他在对面说话。

我走了很远的路，才来到你的面前。

是啊，他跨越了那么远的距离，也跨过了那么多荆棘丛生的障碍，就凭着一支话筒，治愈着那么多的陌生人，也在治愈他自己。

那些窘迫和不堪，那些生命里的困境，才真正地塑造了温和而自在的他。

现在，他已经不再是当年那个窘迫的少年了，他有了妻子和女儿。

他打开手机，看着宝宝的样子，满脸是笑，说：“小新，我不太喜欢照相，你看看，我女儿像我吧。”

我跟着笑了：“马哥，很像很像。”

5

做学生的时候，总是吐槽学校里的不自由，以及各种周遭。

学校的饭菜不好吃，菠萝炒月饼的黑暗料理黑暗到让我怀疑人生；学校的老师都是灭绝师太的传人，对待学生毫不手软；学校的寝室脏乱差到我觉得城管随时会来贴罚单……

长大之后，满心想着终于自由了，可惜的是，压力接踵而至：

被老板或上司骂到生活不能自理；

被客户为难到深夜还在修改文件的细节；

被爱人嫌弃不如隔壁邻居家的某某某；

被最后一班公交车舍弃在了路边；

被惨淡的生活轮番蹂躏，一遍又一遍；

……

回到了十平方米的出租房里，跟你爱的人挤在一张单人床上。

她怯懦地问了你一句："我妈今天打电话了，问你什么时候能买上房，她说了，你必须有房我才能跟你结婚。"

你本来想跟她说一说白天的委屈，像讲笑话那样说给她听，可是，你嘴里嘟囔了一句含混不清的话，把头埋进了被子里就想赶紧入睡。

连她也没有听清楚的那句话是"我累了"。

你知道，也只有在梦里，自己才可能轻松一些，却没想到，梦也没有让你好过。

你梦到自己被仇人追杀，面对着数学试卷却一个数字都写不了，眼看着一辆大卡车冲着你迎面驶来你的双腿却压根动不了……

连好梦，都不给你一个。

如果是一部电影，这往往才只是前十分钟。

后一个小时，可能就有争执、愤懑、哀怨、昏暗，婆媳矛盾、孩子入托入学、买房卖房的困境，甚至还有不由自主的情感变化。

哪怕周围的人没有给你施压，心里的那根弦，也始终紧绷着。

人，什么时候才能拥有自己想过的生活呢？

这可真是个无法给出答案的问题。

幼儿园的小朋友在问，读了博士的大学生在问，在工地搬砖的民工兄弟在问，书房里笔耕不辍的作家在问，日进斗金的大老板也在问。

我们有太多的难，可是一觉醒来，你依然会觉得，梦想就在前方。

追梦路上，哪怕有再多的人为你挥手致意和摇旗呐喊，你也只能做自己的千军万马。

人生如逆旅，我亦是行人。

寂寞的形状：关于了解、理解和谅解

///

1

陈晓楠，是我个人很尊敬的媒体人。

尽管，她在跟某些年轻明星对话的时候，视频里的弹幕一直充斥着这样的话：

> 从来没有见过这么丑的主持人。
>
> 她可不可以闭嘴，她知不知道自己在说什么。
>
> 她的发型丑到爆。

陈晓楠做过一期节目《菖蒲河老人情》，菖蒲河公园是北京老年人相亲的地方，创下过单日有两千人相亲的最高纪录。

年轻人相亲去电影院，去咖啡厅，而消费能力不强的老年人选择了开放的公园，尽管这里私密性不够，也缺乏足够的管理。

老年人相亲的特点是直接。年纪大了，也没什么顾忌，直接开问：“你身体怎么样？几个孩子？工资多少？本地还是外地的？孩子结婚了吗？”

最让我感慨的是六十二岁的退休工人胡大爷。

胡大爷年轻的时候下过苦力，平整土地、挖河、装车，干了不少活。

插了八年队，天天吃窝头，做饭就跟喂猪的一样，大白菜往锅里一扔，放进去一勺油，大家吃得倍儿香。

最多的一次，胡大爷一顿吃了十五个窝头。

当时也有不少女孩在追他，但最终，他娶了一个没那么喜欢的女孩。原因是，那个女孩自己吃不饱，却将一个月六元钱的粮票给了他。

这个细节，将胡大爷感动了。

“心里不是十分喜欢，但有点可怜和同情。”

妻子的心脏不好，先后做过两次手术，并且有高血压、糖尿病等并发症。

胡大爷和妻子一直都处于分居的状态，因为妻子的身体原因，两个人没有夫妻生活。

为什么不离开呢？

胡大爷说："结婚的誓言，不离不弃，绑在一起了，命里注定在一块儿了。"

五十多岁，在女儿的建议下，胡大爷和妻子照了一张婚纱照，婚纱照里的两个人都在笑着。

本来婚纱照一直挂在墙上，后来，女儿提议摘了婚纱照。

"你女朋友来家里，看到婚纱照也不合适。"

2

胡大爷最朴素的情感就是"她是我的女人"。

就是这个念头，他尽心尽力照顾妻子直到对方去世。

妻子去世前的七年里，胡大爷每天在医院里陪护，就像是长到了医院里，有一次累到找不到自己的家门了。

"陪一天少一天了，以后想陪也没法陪了。"

妻子去世前三天，已经没办法讲话。

胡大爷跟她说："你到那边后等着我，如果有人欺负你，我去了再找他们算账。"

“你等着啊，过几年我过去找你。我估计我也不会太长，你走了，我也挺痛苦。”

“最后也不错，死在我怀里了。”

人，终归是受不了寂寞的。

妻子去世后，胡大爷把她的照片带在身上，深夜跑到她生前锻炼的公园里哭泣。钱包里有妻子的公园年票，胡大爷去哪里都带着，就像带着妻子去转了一圈。

后来，他交了不同地方的女朋友：湖北的、湖南的、东北的、北京的……

马路边，大白天，他情不自禁地跟新交的女朋友接吻，甜蜜得就像是陷入初恋的年轻人，周围是陌生人充满讶异的眼光。

家里的电视机一直开着，每天晚上胡大爷都睡不着。

早晨五六点醒来，电视还开着，他也不知道昨天晚上翻了多少次身，才最终勉强打了个盹儿。

洗把脸，穿上衣服，又去了菖蒲河，又跟不同的女性打情骂俏，很花心的样子。

在菖蒲河待久了的阿姨们看到他，就要躲，觉得他就是个老流氓，连亲生女儿都有些鄙夷他。

3

主持人问:“你谈恋爱的时候做过最疯狂的一件事是什么?”

胡大爷答:“一天四次。”

但这个对话,在最终版的节目里还是被剪掉了,有些遗憾。

我想到的是一个对比的画面,那是日本的一个街采,记者询问老年人对年轻人的建议。

一位九十岁奶奶的建议是:无论什么年纪都不能放弃,都要加油。

她笑眯眯地对着镜头说,就算自己九十岁了,也会谈恋爱,会和男朋友约会,还要有性生活。

性学家潘绥铭在谈到老年人的性需求时说,根据相关的数据,老年人跟自己年轻的时候比性生活数量下降了。但同样是老年人,跟十年前比,性生活数量上升了,这是因为老年人的“性觉悟”提高了。

只是,老年人的情欲和性需求往往得不到年轻人的理解。

“相当强烈,层出不穷,刷新我的三观。”北京电视台一档在老人群体里非常受欢迎的相亲节目《选择》的制片人说。

这段视频被编导拿给胡大爷的女儿看,女儿发来了一条短信。

过去非常嫌弃老爸，觉得他总是不停地换女朋友，现在了解了，或许他真的就是为了排解孤独，平时对他的关心太不够了。

菖蒲河，有清华教授，有贩夫走卒，有大老板，也有吃低保的，什么样的人都有。

那地方，就像一个大舞台，每个人都在演自己的戏，但演得都很出色。

在菖蒲河，也有属于老年人的“鄙视链”：北京＞外地；无病＞慢性病＞动过大手术；自有住房＞自有房与子女住＞祖产＞没有房；丧偶＞离异＞单身。

《选择》的制片人说，老年人相亲的积极性很高，每年百分之九十五都是中老年相亲主题，报名电话每天能有一百个，但相亲的成功率并不高。

每一个身在其中的人，都在衡量：到底看中的是对方的钱，还是人？到底是冲着经营一段感情来的，还是只是“玩玩”？自己还有没有多余的精力和时间去经营一段感情？

老人相亲角里，最常见的一句话就是：再也不能找像上一个那样的。

多恐怖啊，岁月如此不经混，一眨眼，就六十岁了，七十岁了，八十岁了。

4

现有的关于老年群体的深度报道，通常聚焦于空巢老人、独居老人，通过对他们生活现状的调查，反映独生子女政策下的老年人生存状态，关于丧偶和离异老人的情感问题，却很少涉及。

偶尔媒体提及，也多集中在黄昏恋引起的经济纠纷，或通过老年大学或相亲而产生的幸福甜蜜的“黄昏恋”。

这种模板式的采写，并不客观。

一份对老年人孤独感的国际研究显示，不少于三分之一的老年人都存在不同程度的孤独感。

而那种蚀骨的孤独和寂寞，总在午夜不请自来。

北京的杨大爷说，夜晚是最寂寞无助的时候——“晚上睡不着觉，想喝口水，又懒得起来”。

六十二岁的肖明全房子和钱都不缺，夜深人静翻来覆去的时候，孤单寂寞，他总想过世的母亲，“想想人生短暂啊”。

七十二岁的葛慧文，一个人住在通州一套一百五十平方米的大房子里，女儿在英国，一年回来一次，儿子在中关村，偶尔回来看望。三年前，老伴去世，她害怕得整宿睡不着，总觉得空荡荡的房子里老有声响，实在没办法了，就把收音机打开，她才能忘记老伴临终前沉重的喘息。

……

传统道德，是很无情的。

老人要安分守己，要多考虑子女的感受，可是，每一个人都有追求自我幸福的权利，自然包括老人。

逐渐开放的社会和急速发展的经济环境，将本该属于他们的权利还给了他们——尽管还远远不够。

这些老人经历过的大多是没有爱情基础的婚姻，现在可以自由选择了，却依然对爱情避而不谈。

他们需要的，更多是陪伴。

主持人陈晓楠说："世间的人们，很多时候都是熟悉的陌生人。能够坐下来听他们的故事，就是为了找那几个字——了解、理解、谅解。"

网友说："这期节目里面有爱，有追求，有求而不得，有孤独，最后都变成人的寂寞，那寂寞都是有形状的。"

寂寞，是空气一样的存在，弥漫在我们心底的最深处。

保重，他日再相逢

///

1

2008 年汶川地震。

地震发生时，小鹿姐懵了，当地震真的发生在自己身边，所有人都在嘶吼都在跑的时候，总觉得自己是在某部即将上映的大片里扮演了一次女主角。

几天之后看新闻，她才记得了那个时间——2008 年 5 月 12 日（星期一）14 时 28 分 04 秒。

当时，小鹿姐正在休产假，女儿出生才五十多天。

看着正熟睡的女儿出神，小鹿姐自己也想打个盹儿，突然，茶几上的花瓶倒了。

没过三秒，小鹿姐就觉得整个房间都在摇晃，再后来，她一把抱起了女儿，往楼下跑。

她一边跑，一边喊：“地震啦！”

后来缓过神来，小鹿姐发现自己除了女儿之外，什么都没带，连鞋子都没穿。

在外地出差的老公订不到回来的机票，只能坐动车再加上大巴车。

她也只能安静地等待。

到了晚上，所有人都坐在镇子的广场上，空气里依然飘着的灰尘，很闷，就像是一场急雨始终降落不下来的闷。

女儿一直在哭，小鹿姐让女儿含住自己的乳头，可女儿依旧在哭。

她这才意识到自己的母乳被吓回去了，深深地吸了一口气。

孩子又饿又冷，哭着没法入睡，周围有人的眼神里写满了烦躁。

看着女儿，小鹿姐除了投给对方一个抱歉的眼神之外，只能不断地抱着她，摇晃着，希望她能够尽快入眠。

夜深时，她静静地看着女儿熟睡的脸，生怕有蚊子来。

她亲着女儿的脸，说着她听不懂的话，流着她读不懂的泪。

很快，救援人员抵达，他们安全获救。再后来，小鹿姐的老公也回来了，一家人团聚了。

那个五月，救援队不分日夜地在废墟里找寻生命的迹象，小鹿姐已见多了生死离别的画面，可每当看到一具冰冷的尸体出现在自己面前时，心还是会猛地抽搐一下。

她真正懂得了：这世间，除了生死，其余都是小事。

好好活着，这世界上所有的人，都应该好好活着，而其他的一切都是扯淡。

几天后，手机信号终于恢复了。

小鹿姐打开手机，看到一条陌生号码发来的信息，内容是：“知道你在震区，告诉我你的情况。你是母亲，你要坚强，你还有孩子。”

最后的署名是“李子路”。

看到这个名字的时候，小鹿姐的整个身体都在抖。

李子路，是她分开了很久的大学男友，是她的前任。

2

小南跟初恋的最后一次见面，在分手两年后，地点是在大学时他们手拉手转了一圈又一圈的操场。

小南发信息给对方说："我生病了，就我自己，周围没有别人，你能陪我去一趟医院吗？"

小南没有说出口的内心独白是："我太想你了，容许我最后一次的任性。"她心想，这就是最后一次见面，见完之后就真的要把那扇门关上了。

初恋回了简单的一个字："好"。

一个人走在街上，想吃个冰激凌，发现广告上有可恶的"第二个半价"；

想去餐馆吃顿饭，发现双人餐永远比单人餐更划算更丰盛；

后来，想养一只宠物互相陪伴，却发现自己每个月的工资压根不够养活一条狗；

华灯初上的街头，霓虹灯闪烁着，超市里永远都是人潮汹涌，只是这一切似乎都与自己无关。

这就是现在的小南的生活。

为了这次见面，小南反复练习了自己的呼吸，她排练了好几次见到他第一眼时要说的话。只是见面的那一瞬间，她笨拙得就像一条将死的老狗，只剩下了残喘的气息。

初恋有一些近视，那天没有戴眼镜。

隔着很远的距离，他眯缝着眼睛，看向小南。

看到那个熟悉的表情，小南扑哧一声笑了出来，也就把之前彩排好的要说的话，忘了个精光。

初恋应该看出了小南的把戏，却并没有拆穿。

两个人在操场逛了一圈又一圈，就像当年那样，只是这次他们之间几乎没有讲几句话。

分别的时候，小南问初恋可不可以最后拥抱一下。

初恋点点头，张开了双臂。

小南狠狠抱住了对方，抱了很久很久。那一刻，时间静止了。

初恋也没有挣脱，而是趴在小南的耳边，说:“好好考研。”

小南觉得耳边痒痒的，痒得让人想哭。

看着初恋离自己越来越远的背影，小南的双腿瞬间软了，却没有哭。

她只是有些迷茫，两个人最后为什么分手了？是因为他不吃辣而自己无辣不欢吗，还是因为一想到婚姻彼此都没有信心，再或者就是因为谈了太久的恋爱彼此失去了新鲜感……

不知道为什么，还是走散了。

她一个人来到了这座城，只是，房间里，只有灯，只有她自己。

最后，小南只能安慰自己：有的人纵使相爱，也不会再在一起了，这就是兜兜转转的命运。

呵，爱情里的自己，不过是个拙劣的骗子。

骗得了自己，骗不过别人。

3

网易云音乐每年都会有一个年度总结，我曾经的“舍友”老满的年度总结是：2015 年 7 月 24 日，大概是很特别的一天。

老满是我的大学同学，从北京回济南找工作，借宿在了我家。

那一天，老满连续把莫文蔚的《慢慢喜欢你》反复听了 375 次。

我替老满算了一下，这首歌的时长是 3 分 41 秒，连续听了

375 次，用时是 82875 秒。

这说明，那一天里的 23 个小时，他都在循环播放这首《慢慢喜欢你》。

网易云音乐还温馨提示：这一天你睡得很晚，3 点 25 分还在与这首歌为伴。

慢慢喜欢你
慢慢地亲密
慢慢聊自己
慢慢和你走在一起
慢慢我想配合你
慢慢把我给你
慢慢喜欢你
慢慢地回忆
慢慢地陪你慢慢地老去
因为慢慢是个最好的原因

那天，老满就一直躺在床上，一动不动，耳朵里挂着耳机。

我给他买了他最喜欢吃的城东头那家店的麻辣小龙虾，但是老满的眼睛连睁都没有睁开过。

最后，我吓了一大跳，这孙子不会因为昨天的篮球一命归西了吧，我颤颤巍巍地把手凑向了他的鼻子。

他猛地睁开了眼睛：“没死！”

我耸了耸肩膀，摸了摸他的脑袋，感觉他差点烧成了葫芦娃里的火娃。

我拿来了湿毛巾盖在他脑门上，他闭着眼睛又骂了我一句：“小新，我操你大爷！”

“随便随便。”

我看了他一眼，也不知道是毛巾上的水，还是他真的流泪了。

我一度以为老满那一天过不去了。

就在前一天，他收到了前任的结婚请柬。

那是个周四，7月23日，大暑，一候腐草为萤，二候土润溽暑，三候大雨时行。

老满约我去打篮球。

我给了他个大白眼，这么热的天，我不想像一条狗那样吐着舌头，我不想干一个行为艺术般的傻X事。

关键，我又不是什么运动达人。

他见我并没有陪他的欲望，一个人跑到了楼下的篮球馆，一个人投篮，一个人疯狂地跑跳，他忍着没让自己哭，甚至大叫着投篮到有点喘不过气来。

直到最后，老满的两只胳膊酸痛得再也举不起球。

是篮球馆的老板把他送回来的，他扑在了床上就没起来过。

很多人，一辈子说了太多的爱，也写了特别多的爱，却未曾真正感受过什么才是刻骨铭心的爱。

心中有爱的人，容易失落，也容易满足。

说分手，是自己这辈子做过的最操蛋的事，可自己还是那么做了。

过了很久，我问老满，收到前任的结婚请柬到底是怎么回复的。

他说，发了好多祝福女生的话，当时也很开心，觉得会有一个男人替自己照顾曾经爱过的女生，也是很好的结局嘛。

可是，发完信息后，不知道为什么，突然倒的水不想喝了，热的菜不想吃了，刚更新的综艺节目不想看了，门也不想出了，甚至新工作也不想要了。

我表示不解："所以，是你还爱她，还是？"

"小新，我瞬间觉得自己老了。"

4

格子是从男朋友身上读懂了什么叫“信任”的。

高三那年，全世界的人都认为格子是个小偷。

班里的同学弄丢了钱，只因为她是最后一个离开教室的，大家就认定她是偷了两百元钱的那个人。

那段日子里，她身边的所有好朋友都成了陌生人，连一向关系不错的同桌，都在课桌上画起了“三八线”。

这都什么年代了，还“三八线”呢。

格子只能一个人去食堂打饭、上自习，每天都瞪着一双感觉被蜜蜂蜇过的眼睛上课。

那个男孩趁下课的时间，走到她身边，递来了一个动画片《千与千寻》里千寻的公仔，说了句:“再哭，就更丑了。”

格子扭头看了那男孩一眼，不知道为什么真的就没再哭了。

格子紧紧地握着那个公仔，仿佛握住了全世界，但转念一想，又百思不得其解，他是怎么知道自己喜欢《千与千寻》的？

格子居然还以小人之心度君子之腹地想那个男孩：他为什么

要送我公仔？有没有可能是他偷走了那两百元钱？

难道他才是小偷？难道我是替他背了黑锅？

直到后来，“小偷”事件水落石出，证明格子没有偷，那个男孩也没有偷，而是“丢钱人”记错了地方。

毕业后，格子将那些同学的微信都删掉了。她始终忘不了那些同学像看到瘟疫一样看她的表情，那些人的动态仿佛在时时提醒自己——你是个小偷。

可是，却跟他做起了男女朋友。

报高考志愿的时候，他为了跟格子在同一个城市，报考了哈尔滨的一个厨师学校。

他的分数其实可以上别的城市的大学，但还是不顾父母的反对，执意那样做了。

他跟格子说：“本来想好好上大学，等大学毕业了，就可以跟你住在一起，赚钱给你花。”

他说：“这样更好了，既可以赚钱给你花，又可以做饭给你吃，两全其美。”

格子的眼睛又肿得如同被蜜蜂蜇过。

时间到了 2019 年，《千与千寻》在中国重新上映，格子却只能自己一个人去看了，因为她跟男朋友分开了。

以前看这部动画片，只觉得就是一个普通小女孩去异世界救爸妈的故事，可是看完之后，格子觉得自己之前从未看懂过这部动画。

在钱婆婆的家里，从小便被溺爱的大宝宝学会了为别人付出；

贪婪自大的无脸男，学会了用心去为朋友付出；

就连白龙也找回了自己真正的名字“琥珀川”；

……

长大的过程不就是这样吗？一个个不完美的个体，相遇、相识、相互帮助，成为彼此依靠的支点。

《千与千寻》的第一个画面很美，你还记得吗？

那是一大捧盛开的鲜花，粉红色的花瓣，绿色的花萼和茎。鲜花的中间放着一张卡片，上面写着：“保重，他日再相逢。”

我们都没有生来勇敢或者天赋过人

///

1

我很喜欢的一位男演员是黄轩。

回忆大学生活的四年，黄轩有过这样的总结：“美好的校园时光少之又少，更多的是自己的憧憬和盼望被一次次的失望所取代，直到现在充满着无奈与麻木。”

最有名的一次“失望”，是刚上大一时，黄轩为电影《满城尽带黄金甲》的小王子一角试戏了半年多的时间，临近开拍，剧组却失联了。

一个月后，黄轩从报纸上看到了电影要开拍的消息。他打电话给副导演，副导演没什么解释，直接说他的角色换成别人了。

最悲催的还在后面。

这部电影首映礼的导演到舞蹈学院挑伴舞演员，黄轩本来不想去，但被对方劝说后，勉为其难去了。

黄轩演的是宫里的小太监，戴着太监的帽子，在主要演员的身后，做很多小丑一样的动作，来调节气氛。

那个舞台上，溢满了一个十九岁少年的沮丧、茫然与无奈。

之后只要看到“黄金甲”这三个字，黄轩的心里就会咯噔一下。

还有薛晓路导演的《海洋天堂》。

黄轩为了其中的角色准备了整整一个夏天。

他跑到北京郊区的孤独症患者学校体验生活，跟他们一起吃住、训练游泳。

可惜，也是到了最后一轮，片方提出他跟电影中的“爸爸”长得不太像，要安排更加合适的演员。

“那怎么办呢？那就这样吧。”黄轩只能这样安慰自己。

黄轩从小就经历过父母离异的变故，十一岁的他开始住校。

生活的窘迫，让他不得不每隔两三年就要搬一次家，造成的结果便是：刚和新的朋友熟络起来，就不得不分离。

好不容易做了演员，却又是一个孤独的年轻人不断被嫌弃的十年时光。

黄轩一直在演戏，却没几个人知道他在演什么，连家人都在问他："怎么从来没看过你演的戏呀？"

在轮番的被选择和等待之后，黄轩终于等到了。

拍《妖猫传》，为了达到陈凯歌导演要求的"诗魔"白居易的癫狂，黄轩用了一个笨办法：三天三夜不睡觉，让自己亲身感受精神崩溃边缘的癫狂感。

拍《芳华》，他每天按时练功，自己打饭洗衣服，只带了一个生活助理。用他自己的话说："刘峰过的就是这样的生活。"

这个俊秀的男人，比想象中更坚定更无畏，他宁愿走得慢一点苦一点，也要走得脚踏实地，而不要耍花拳绣腿。

主持人鲁豫说，黄轩好像自己完成了成长，准备好了以后，才出现在你眼前，让你眼前一亮。

他从来没有浪费自己的才华和天赋。

他红得让人很放心。

除了努力、坚持、耐得住寂寞，以及命运的捉弄，你还能够找到更恰当的描述吗？

命运多舛，是考验；耐得住寂寞，是氛围；而努力和坚持，才是最有效的方法。

小时候走路摔跤后，小朋友会下意识地四处瞅瞅，看看周围有没有人，如果有人陪着，就马上号啕大哭；如果没有，便眼珠子转一圈，自己爬起来。

长大后，你又摔了一跤，你也会下意识地四处瞅瞅，看看周围有没有人，如果有人在看，即便腿断了也会挣扎着爬起来；如果没有人，就趴下来哭一会儿。

而黄轩跟从来都没有摔过跤、受过伤一样，他很平静，甚至很快乐地接受着命运里的不公和被挑选。

我要去看得最远的地方
和你手舞足蹈聊梦想
像从来没有失过望受过伤
还相信敢飞就有天空那样

2

在知乎上，有人问过一个问题：并非大富大贵的普通人，如何过好这一生？

我真的觉得这是一个太好的问题了，至少我这辈子都没有想过大富大贵，也不太期待我的孩子过什么大富大贵的生活。

但，这一生，依然是值得和让人期待的。

一位博主讲了一个故事。

那天他赶时间去上课，就坐了一辆网约车。那辆车的档次相对而言有些低，不怎么值钱。

他一看到那辆车就有些失望，准备好迎接车厢里的异味和让人沮丧的交流。

没想到，一上车，淡淡的橘子皮和栀子花的香味就吸引了他。

再一看，这辆车里被打理得非常干净，给人最大的感觉就是舒服。司机的穿戴也非常整齐，他说自己平时是送菜工，工资不高，所以出来跑车。

谈话间，他老婆打来电话，让他早点回家做饭，他也乐呵呵地应着。

博主问司机："您平时出来工作，晚上还要回家做饭？"

司机回答说："是啊，自己的老婆，得惯着。"

下了车，他问多少钱，司机说，"看着给，平时多少就多少。"

他就给了司机二十元。

司机说："多了多了，十五元就行，我多拿五元钱也不会变得有钱。"

博主在故事的末尾，写下这样一行字：热爱生活，豁达开朗，对自己有准确的定位，其实这样一辈子也挺好的。

就像林语堂先生说的幸福四件事：睡在自家床上；吃父母做的饭菜；听爱人讲情话；跟孩子做游戏。

其实，承认自己平凡并不难，难的是在平凡的日子里过着快乐的生活。

3

成都街头，一位五十岁的环卫大叔，抱着一大把银杏叶抛向天空，满嘴的笑，在飘落的叶子里转圈。

这个视频的爆红，把环卫大叔吓了一跳。

他的本意只是发给小孙子看看成都的银杏叶，没承想，全天下，好多人的“小孙子”都看到了这一幕。

六年前，环卫大叔跟妻子从南充移居到成都，租住在三圣乡附近。儿子高中毕业之后，就到河南打工，之后便留在河南结婚生子。由于距离太远、花费太高，环卫大叔已经有五年的时间没能见到可爱的小孙子了。

“每天眼睛睁开就是在马路上，回家后天就黑了，没有时间去河南看他们，现在网络发达了，在网上可以互通就知足了。”

冬天到了，树叶掉得越来越多，环卫大叔的工作量也在不断增大。

每天凌晨五点半，他就开始了一天的清扫工作，中午吃一点饭，继续工作到晚上六点。

第二天，周而复始。

好一点的皮鞋，环卫大叔都穿不了两三个月，如果是普通的运动鞋，一个月就会穿坏一双。

但那天清扫马路时，他觉得银杏叶太好看了，就想像年轻人那样玩一玩。

“工作很辛苦，该耍的时候还是要耍。”

有人说，连扫地的大叔大妈都能这么开心地生活，你们这些成天抱怨的小年轻还想怎样？

要坚持微笑，就会暖得像太阳。

4

很多年之前，我去一个客户那里签合同，挤在公交车里的我不停地打喷嚏。

我知道自己的过敏性鼻炎又犯了，那喷薄之力，完全超出了自己身体任何一块肌肉可以控制的范围。

我翻遍了整个双肩包，也没有找到可以用来擦鼻涕的纸巾，我甚至想到实在不行，就用包里的合同先救急，可是……

最后，我实在没办法，用手背擦了一下。

正在我低头纠结如何度过这漫长的十几分钟时，公交车到站了。

一个穿着校服的男孩把一包纸巾迅速地塞给我，跑下了公交车，就像是一阵风。

我完全没有看清楚他的样子，也忘记去感谢一下，我只是机械性地马上抽出了其中一张，盖在了鼻子上。

也不知道为什么，接下来我也没有打喷嚏了。

那包纸巾也就没有用完，我便决定把它珍藏起来。

我告诉自己，总有一天，这包纸巾会被拿来救急，但是我心里知道，自己之所以保存着，是因为那份美好的善意和回忆。

当我们收藏别人善意的时候，内心是温暖的；而当我们对别人投以善意时，内心也是愉悦而满足的。

只是也有太多人，满脑子阴谋诡计，与善意绝缘。

我之前并没有很看好的那份合同，签得异常顺利。

签完合同，我把公交车上的经历讲给客户听，他一直微笑着听。

那半小时的时间里，空气里的每一个分子似乎都在跳舞。

5

泰坦尼克号沉了，对人类来说是一场巨大的灾难，但对船上餐厅里活着的海鲜来说，这就是生命的奇迹。

你看，这清奇的脑回路。

你发现了吗？生活在这个世界上的百分之九十九的人，都没能含着金汤匙出生，更没有天赋异禀。

我们出生在普通的家庭里，从事着普通的职业，找了一个同样普通的爱人，最后生了一个普通的娃。

一开始，我们还敢做一个无法无天的梦，后来连梦里的自己都是一个普通人了。

但，这并不代表我们过得就不好。

早已经不是普通人的“好妹妹”，却唱了一首《普通人》，说的不就是我们自己吗？

我们都没有生来勇敢或者天赋过人，面对着人山人海世事纷争，还尽可能保留一些诚恳，还有一些真心。

小厚在我的书店做签售，穿着一件宽松的绿色套头衫，戴着牙套，说到好笑的地方，用力地拍着我的肩膀。

他的经纪人后来跟我说：“小新老师，小厚说您是这轮签售遇见的最好的主持人，没有之一。”

“好妹妹”在演唱会安排的最后一首歌通常都是《往事只能回味》，太多歌迷都是从很遥远的地方来赴约的，演出结束的那一刹那，两个人跟所有的观众一样都有很空虚的感觉。

要说再见了，可再见到底是什么时候，谁也不知道。

往事只能回味，大家继续往前走吧。

小厚说，当年就因为他和秦昊太普通了，参加唱歌比赛第一轮就被淘汰了。

小厚说，他和秦昊喜欢穿帽衫牛仔裤和运动鞋，普通到在人堆里根本没有人想多看他们一眼。

小厚说，就连他们的名字“好妹妹”都是一个随意的决定，谁能想到呢，他们真的红了。

小厚说，父母和亲戚终于不再觉得他和秦昊只是酒吧里唱歌的人了。可他们就是两个普通的青年，也马上会成为普通的中年。

我们自己呢？

我们从一个连电风扇都没有的多人宿舍，换到了有电风扇的单间，换到有空调哪怕小一点的单间，再换到有独立卫生间的开间，再换到可以裸奔的一室一厅，最后感觉拥有了全世界。

可能这辈子，我们都无法摆脱“普通人”的标签，但我们依然笑对生活，随时准备升级打怪。

始终有乐观的心态，而未必是实实在在的快乐，才应该是人生至上的追求。

约翰·列侬说：

五岁的时候，妈妈告诉我快乐是人生的关键。上学以后他们问我长大后的志愿和梦想是什么？我写下“快乐”。他们说我没搞清楚题目，我告诉他们，是他们没搞清楚人生。

图书在版编目（CIP）数据

从时间里，长出勇敢 / 小新著 . -- 北京：作家出版社，2025. 6. -- ISBN 978-7-5212-3358-2

Ⅰ. I267.1

中国国家版本馆 CIP 数据核字第 2025YW9013 号

从时间里，长出勇敢

作　　者：小　新
责任编辑：向　萍
封面设计：李　超
出版发行：作家出版社有限公司
社　　址：北京农展馆南里 10 号　　　　邮　　编：100125
电话传真：86-10-65067186（发行中心）
　　　　　86-10-65004079（总编室）
E-mail:zuojia @ zuojia.net.cn
http://www.zuojiachubanshe.com
印　　刷：河北星强印刷有限公司
成品尺寸：145 × 220
字　　数：170 千
印　　张：19
版　　次：2025 年 6 月第 1 版
印　　次：2025 年 6 月第 1 次印刷
ISBN 978-7-5212-3358-2
定　　价：79.80 元